きみがすべてを忘れる前に

喜多 南

宝島社文庫

宝島社

CONTENTS

プロローグ

その日の結城《ゆうき》クロには、長谷川《はせがわ》紫音《しおん》との、再会の予感があった。


九月も終わりに近い、放課後の教室。

窓際の席に頬杖をついて、どれだけ経っただろうか。

ずっと同じ姿勢でいるために腕が痺《しび》れはじめている。

他には誰の姿もない。

居残りの理由は、補習でも、日直《にっちょく》でも、委員会でもなかった。目立たないように、それなりの優等生でいるクロが、一人で居残る理由はない。

窓の外に、目を向ける。

良く晴れた茜色の空に、鳥が群れをつくって飛んでいた。そのまま視線を下ろせば、グラウンドで部活をしている生徒たちの姿がある。

……今日もまた、この時間帯が訪れた。


そして。

彼女は、現れた。


クロは目を見開いた。

先ほどまで誰もいなかったはずの教壇には、少女が一人。

学園指定の夏服を着た少女は、教卓に両ひじをついて、もたれかかっている。

クロをまっすぐに見つめ、微笑《ほほえ》みを浮かべていた。

「クロ」

名前を呼ばれた。

クロは、呼吸すら忘れて彼女を見つめていた。

名前を呼ばれて、ようやく意識が現実を取り戻す。そして、思わず苦笑した。

周囲のもの全てを見下すような、傲慢《ごうまん》な空気を身に纏《まと》っているところも。人と目線を合わせるのに、何のためらいもない、まっすぐすぎる眼差しも。

以前と、全く変わっていない。

それが、長谷川紫音という少女だった。

紫音は澄ました足取りで教壇から降りてきて、クロがいる机に手をついた。

「喉、渇いちゃった。何か飲み物を買ってきてくれる？」

「……」

どう応えたものか逡巡《しゅんじゅん》して、結局クロは言葉に詰まる。

紫音は無邪気に笑っている。クロのためらいに気付いている様子はない。

「本当に、喉、渇いてるのか……？」

クロの方が、緊張で喉が渇ききっていた。なんとか掠《かす》れた声で、問いかける。

紫音はクロの言葉に、軽く首を傾《かし》げていた。

腰まである長いストレートの髪の毛が、さらりと揺れる。彼女の吸い込まれそうな黒い瞳に見つめられると、クロは妙に焦ってしまって、忙《せわ》しなく視線を泳がせることしかできない。

彼女は顎に指を添えて、妖しく笑う。短く切り揃えられた前髪と、軽く束ねたリボン、そして制服姿でなければ、とても同年代には思えない大人びた雰囲気があった。

「言われてみれば、渇いてないかも」

紫音は、不思議そうに、自分の喉元に手を添える。

「そうだろうよ。だって——」

一度言いかけて、やめた。

紫音はやはりきょとんとするばかりだ。

自分の知りうる事実を全て告げれば、彼女は取り乱すのだろうか。

それを思うと胸が痛くて、視線が机に落ちる。息苦しい。

表情を崩さないでいることだけで、精一杯だ。

けれど、紫音との再会を待っていたのは、何のためだ？　誰のためだ？

何度も何度も繰り返した決意を、今一度内心で噛みしめる。

顔を上げたクロは、再び紫音を見つめた。

今度は、クロも目を逸《そ》らさない。まっすぐな視線が交錯する。

「長谷川、紫音」

真摯《しんし》に言うと決めた。一息に続ける。

「今俺の前にいるお前は、幽霊だ」

「……」

紫音は、驚いたように少し目を丸くした。

黒真珠のような色合いの、大きな瞳がきらりと光った。

夕暮れ時のオレンジに染まった教室に、水を打つかのような静寂が満ちる。

しかし彼女は泣き崩れることも、取り乱すこともしなかった。

驚愕の表情は一瞬。

小さく息を吸うと、にこりときれいに微笑んだ。

「知ってる。大体想像ついてたから」

「えー……」

肩透かしを食らい、思わず、気の抜けた声を上げてしまう。

予想外の反応に脱力しかけたが、どうにか気を持ち直した。

「成仏しないでこの世に現れたってことはさ、この世界に、何か心残りがあるってことだ。まぁ若ければ若いほど、現実世界に心残りはあって当然だとは思うけど」

「心残り……」

紫音が自分の制服の胸元に手を当て、考え込む様子で俯《うつむ》いている。

「思い当たることはあるか？　お前が心残りに思っていることをさ、一緒に探そう。幽霊は心残りを昇華できれば、成仏できるんだ」

背の高いクロが立ち上がる。紫音を見下ろす形になった。

彼女の頭頂部を、じっと見つめる。

毎日変わらず手入れされていた艶《つや》やかな黒髪も、華奢《きゃしゃ》でほっそりとしている白い首元も、揺れていたプリーツのスカートも、教室を歩きまわっていたシューズの足先までもが、あまりに鮮明で。

以前と、何一つとして変わりない。

現実を直視するのが、辛くなるほど。

クロの思考を遮《さえぎ》るように、おもむろに、紫音はクロの顔を見上げてきた。

「嫌よ」

きっぱりと言い放つ。

それは、迷いもためらいもない、ストレートな拒否だった。

「心残りなんてないし、成仏する気もない」

「じゃ、じゃあどうする気だよ？」

「どうなるの？」

あっさりと疑問で返されてしまった。クロはますますたじろぐ。

「成仏できない幽霊は、大なり小なり、縛り付けられるもんなんだ。お前は制服姿ってところからしても、おそらく、この学園を存在の依《よ》り代《しろ》にしていて、学園から出られない」

「へぇ」

「いいのか？　ずっとここに縛り付けられるんだぞ？　何も食べられないし、何も触れられない。何も感じない。誰からも見えない。そんな無為な時間を、一人でずっと過ごしていかなきゃいけないんだぞ？」

クロは、言わずにはいられなかった。

紫音だけじゃない。幽霊に現実を突きつけてやらなければ、ずっと縛り付けられたままになってしまう。クロはそのことを、痛いほどに知っていた。

だが、紫音の表情は変わらなかった。

「そんなの嫌」

「だから、心残りを探さなきゃいけないんだよ」

素直に言うことを聞いてくれる相手じゃないのは分かっていたので、クロの語りは必死になっていく。空気は冷えこんできたのに、焦りがクロの体温を上げる。

「それよりも。クロは、どうして幽霊の私が見えるの？」

「……」

答えにくい質問だった。クロは決まりが悪そうに視線を下げる。

「なんていうか、そういう霊感体質なんだよ。俺の家族もみんな霊感が強い」

夕陽は既に落ちかけている。

廊下側から、足音が近付いてくる。

「見廻りの先生が来た。居残ってるのが見つかったら、学校を追い出される」

クロは紫音に向けて、苦々しく吐き出した。

「そっか。じゃあまた明日に仕切り直しだね」

呑気《のんき》に言う紫音に、クロは頷いた。

時間がないという焦りと同時に、安堵感も込み上げていた。

「クロが『見える』人だなんて全然気付かなかった。ずっと一緒にいたのに、ね」

安堵を感じていた心が、ふっと暗いところに落ちる。

「——思ってたよりも、私はクロのこと知らなかったみたい」

紫音の言葉が、少々の棘《とげ》を含んでいるように感じられる。

「……まぁ誰にも言ったことないし。知られたくないだろ、そういうの」

クロは落ち着きなく視線を巡らせ、あいまいに濁した。

感情を人に知られるのは苦手だ。

ただでさえ、感情を見透かされそうな紫音の瞳に晒《さら》されている。

「私はこんな体になったことで、誰も知らないクロの秘密を知ったのね」

「そういうことになるな」

「フフ」

クロは紫音へと視線を戻す。

紫音はやけに楽しそうに、嬉しそうに、笑みを深めてクロを見ている。

そしていきいきと瞳を輝かせて、口を開いた。

「クロ、とりあえず、私のこと、生き返らせなさい」

「は？　そんな無茶な」

「成仏する気も自縛霊になる気もないもの。方法は一つだけでしょう？」

名案を思いついたとばかりに胸を張っている幽霊を前に、クロは更《さら》なる脱力感に襲われた。

しかし、その答えを予想している部分は、心のどこかにあった気がする。

長谷川紫音という女の子が、一筋縄でいかないことをクロは知りすぎるほどに知っているのだ。

胸がどうしようもなく、苦しくなるくらいに。

第一話
届かない想いは、闇の中に

その日は、朝から強風が吹き荒れていた。

唸る風の音は、まるで自己主張でもしているかのようだ。

クロは、横殴りの暴風から逃げ足で、星陵学園《せいりょう》に登校してきた。

星陵学園はなだらかな丘の上に、広い敷地を使っている私立の高等学校だ。徒歩圏内という理由だけで、クロはこの高校に通っている。普段は自転車を使うこともあるが、強すぎる風を前にあえなく諦めた。

「なんなんだよ、今日の天気は……」

ぼやきながら、ようやく昇降口にたどりつく。

下駄箱の立ち並ぶ、狭苦しい昇降口に入って、すぐに。

クロの進行を妨げるように、幽霊の少女——長谷川紫音が現れた。

「おはよう、クロ」

早朝の幽霊の姿は、爽《さわ》やかさすら感じさせる。

昨日再会した時と変わらない姿が見られて、まずは何より安堵した。

昨日はなんの結論も出ないまま、教師に見つかって学校を出ることになった。紫音の存在はこの学園を依り代にしているので、学園に置いていくしかなかったのだ。

「ああ、おはよう紫……」

「クロ、ちょっといいか!」

紫音の挨拶に応えようとしたら、邪魔が入った。

にこにこ顔の紫音の身体を、男子生徒が突き抜けていった。

当然ながら、身体を突き抜けたその男子は、紫音の存在に気付いた様子はない。

「志郎《しろう》……」

紫音はぽつりと呟いた。

タイミングが良すぎるというか、悪すぎるというか。

現れた男子は、クロの親友でクラスメイトの、高嶺《たかみね》志郎だ。

「ねえ、志郎。私を突き抜けるなんて、ちょっと失礼すぎない？」

志郎の後ろで、陰のオーラを発している紫音が気になって仕方ない。思わず彼女のほうに目がいってしまう。

「一緒に来てほしいんだ」

慌てた様子でクロを促してくる志郎は、紫音に見向きもしない。

「私のことを、ガン無視なの？」

信じられないといった風に、不遜《ふそん》に志郎へと声をかけている。

「志郎。……呪《のろ》い殺すわよ？」

なにやら怖いことをブツブツと呟いていた。自分の存在を認められない事態が、許せないらしい。

志郎の方は、既に昇降口を出てクロが来るのを待っている。

「ほら、早く！　予鈴が鳴る前に！」

「……分かったよ」

軽く息を吐き、志郎の姿を追った。

外に出ると、またしても暴風に見舞われた。

正面から吹きつけてくる風に身体を庇《かば》いながら、なんとか歩みを進めていく。

ふと、背後についてきている紫音の姿に気づいた。

学園から出られない彼女も、敷地内なら、校舎から離れることくらいは可能らしい。

もちろん紫音は風に干渉されることなく、悠々と歩いている。

「志郎ってば、クロをどこに連れて行く気だろ。私のことは完全に無視しておいて」

「……」

「クロまで無視するな」

背後から飛んでくるどこかいじけた声に、クロは振り返る。

じとりとした眼差しを向けてきている紫音に、視線だけで訴えた。

今お前と話なんかしたら、俺が独り言を言ってるように見えるだろ。

「ふーん。クロは冷たい人間だったのね。知ってたけど。知ってたけど」

「……後からいっぱい、話してやるから」

あっさりと敗北を認めたクロは、最小限の声を紫音に向けた。

先を歩く志郎が振り返り、「ん？」と、首を傾げてくる。

慌てて「なんでもない」と告げ、再び歩きはじめた。

……胸がちくりと痛む。

紫音はおふざけの調子だったけれど、志郎に無視されることは、本心では相当なショックだったはずだ。

……紫音と、志郎は、幼少からの幼なじみなのだ。

その付き合いの長さや絆《きずな》の深さは、高校から二人に出会ったクロには測り知れない。

紫音はきっと、志郎と話したいはずなのだ。……クロよりも、きっと。

志郎はどこまで行く気なのか、先へ先へと歩き続けている。

登校中の人混みを逆行して、気付けば、校舎の裏手まで連れてこられていた。

裏庭の焼却炉の前まで来て、ようやく志郎が歩みの速度を緩めた。

少し距離を空《あ》けてクロも立ち止まる。

ふと、視界の端になにやら動いているものが見えた。焼却炉横の茂みにうずくまる『人影』がある。

幽霊だ。

志郎が全く気にも留めず先へと行くから、クロもそれが見えないかのように振る舞った。

幽霊を見つけるなんて、クロにとってはあまりにも日常的な光景だった。道を歩いているときもそうだし、学校でもちょくちょく見かける。

「ねえ、何を探しているの？」

そんな風にクロが気を揉んでいるのを知ってか知らずか。

紫音は後ろ手を組んで、うずくまっている幽霊に向かって話しかけ始めた。

「そこに何があるの？　無視？　あなたまで私を無視するの？　ねえ」

幽霊は、紫音の言葉に顔を上げようともしない。

灰に煤《すす》けた地面にまで顔を擦りつけるようにして、一心不乱に何かを探し続けている。

志郎の手前、クロは幽霊が見えているようなそぶりを見せるわけにはいかない。だが、その辺の幽霊に向けて話しかける紫音のことが、気になって仕方がなかった。

「紫――」

クロがたまらず、紫音に向けて、声をかけようとしたその時。

「クロ、あれを見てくれ」

志郎に声をかけられてしまった。

苦労しつつも思考を切り替え、志郎の指し示す方向を見る。

「……木？」

「今度、伐採する予定みたいでさ」

広々とした裏庭の片隅にある、桜の大木。樹齢何年かも分からないほど立派なそれは、大きくなりすぎて幹も枝も学園のフェンスを越えて道路側にまで大きくはみ出している。

今は、厳重な柵とネットに覆われてしまっている状態だ。

「クラスの噂で聞いたんだけど、近隣からの苦情が多いらしくて、切り倒すことになったんだとさ」

「この木、なくなるのか」

「な、ショックだろ？　……ほら、ここ……『俺たちの場所』だったから」

「そう、だな」

昼休みになると、桜の大木の根本で。

クロと、紫音と、志郎は三人で過ごした。

いつだって、三人でいた。

あの頃の記憶がふと脳裏に蘇《よみがえ》って、クロは憂いげに視線を落とす。

「感傷的すぎるかな、俺って」

同じ気持ちなのだろう、志郎が言ってくる。

「いや……俺も、残してほしいと思うよ」

「俺、何か木を残す方法がないか、探してみる！」

「あ、おい、志郎！」

志郎は、思い詰めた表情で走って行ってしまった。

「……思い出の場所、か」

ぽつりと呟きが漏れる。

大木を見て、さぞ紫音の方も感傷的になっているだろうと、ふと心配になった。

「――ねぇ、あなたは何を探しているの？」

……紫音は、いまだうずくまる幽霊に夢中だった。

志郎がいなくなった今、クロはようやく、その場にいるもう一人の幽霊をじっくりと観察した。

焦点の合わない濁った瞳を、宙に泳がせている女生徒だった。

痩せた体に着込んでいるのは、星陵学園の指定ブレザーではなく、昭和を思わせるデザインのセーラー服だ。

幽霊は、紫音にもクロにも、気付いてすらいない様子だった。

ひたすら無表情で這《は》いつくばって、しつこく地面を見つめている。

振り乱されてぼさぼさの黒髪は、血の気のない彼女の横顔を覆っている。恐らくクロたちと同じ年頃の少女なのだろうが、自分の身なりのことはまるで気にしていない。生きている人間ならば有り得ない、たったひとつの強い妄念にとらわれた姿。目を背けたくなるほど醜悪で、同時に泣きたくなるほど哀れな、姿。

クロが普段目にする多くの幽霊が、そういう存在だ。

「あの子、何をそんなにいっしょうけんめい探してるんだろ」

いくら声をかけても反応がないので、紫音もようやく諦めたらしい。

首を傾げながら、クロの方へと歩いてきた。

「構っても仕方ないさ。たぶん、自分が死んだことにも気付いてないんだ」

妄念に憑《つ》かれた幽霊は、その一点しか目に映らない。誰の声も聞こえない。

もはや、自分が死んで幽霊になっていることにすら気付けない。

「死んだことを自覚してない幽霊にはさ、他の幽霊が見えないんだよ。だからお前の姿も見えてないんだろうな。もちろん声も届いてないだろうし」

諭《さと》すようにクロが言うと、紫音がふくれ面《つら》になった。

「せっかくの幽霊仲間なのに、話せないなんてつまんない」

「そう言われてもな」

「みんなして、私のこと無視して」

「……」

それを言われると、申し訳なくて何も言えない。

「クロ、なんとかしなさい」

紫音の我儘は、いつものことだ。ため息が出た。

こういった幽霊はいつだって目に見えていて、その存在のあまりの多さに、できる限り近付かないようにしてきた。

好き好んで関わろうとは思わない。思わないようにしてきた。そういう約束でもあったから。

……自分に何ができるわけでもない。

クロは長い間、否応なく視界に飛び込んでくる哀しい存在たちから、そうして目を逸らし続けてきた。

それなのに。

「はぁ、分かったよ」

諦めたような声を出しながら、それでも一歩、セーラー服の幽霊へと近付いた。

きっと紫音のせいだ。

そんな想いを掻き消すように、耳のそばで、いっそう強い風がごうと音を立てて渦巻いた。地面に散らばっていた枯れ葉が舞って、かさこそと乾いた音が鳴った。

　――渡したいの。彼に。


風の音に紛れ、微《かす》かにそんな声が聞こえた気がした。

はっと目を見開き、クロは眼下で蠢《うごめ》くセーラー服の幽霊を見下ろす。

直後、学園内に、予鈴の音が高らかに鳴り響いた。

「あ、まずい！　遅刻するじゃないか！」

現実に引き戻される。今は始業前なのだ。

それをやっと思い出し、クロは校舎へと慌てて走り出した。紫音も後ろから追いかけてくる。

焼却炉から離れる前に、うずくまったセーラー服が、視界の端にちらりと映った。

執念深く地面を探り、不自然なほど首を横に曲げた顔。覆い被さる乱れた黒髪の合間に覗いた、何も見てない瞳の色。

哀しそうで、辛そうで。

「あの子の声、泣いてるみたいだった」

ぽつりと呟く紫音の声が、背中を越えて耳に届く。

「お前にも聞こえたんだな」

「うん、ねぇ、クロ――」

珍しく心細げなその声に、走りながら紫音を振り返る。

眉を下げて、情けない表情が見えた。いつでも強気で、決して他人に弱い部分を見せようとしなかった彼女が……。

苦笑を漏らし、クロは慰めるように言う。

「人の心配してる場合じゃないだろ。お前はお前で、自分の心残りを探さないと」

「私はクロに生き返らせてもらうもの。探す必要なんてないでしょう？」

「……そうですか」

早起きしてまで紫音の元に走ってきたというのに。

どうやら、ものごとは何一つ進んでいないようだ。


大急ぎで自分のクラス、二年A組の前にたどり着いた。紫音も一緒だ。

幸いなことに、朝のホームルームはまだ始まっていない。担任教師の姿はなく、クラスメイトたちも大半は席につかずに歩き回っているのが廊下から見える。

クロは安堵の息を吐き、教室に入ろうとした。

授業がはじまる前だというのに、既に疲れ果てて肩が重い。

「クロ、遅かったじゃないか」

教室に入ろうとしたところで、後ろから志郎に呼び止められてしまう。

「そっちも、桜の木のことで、何かできるか探しに行くって言ってたけど」

「あぁ。それなんだけど、伐採反対って言っても、誰にかけあうべきなのか分からなくて。校長先生に言えばいいのかな？」

「うーん……」

「ねえクロ。志郎には私のことが見えないんだよね」

クロの横に立つ紫音が、志郎の顔の前で手を振っている。もちろんその動作に彼が気付いている様子は一切ない。

紫音が少し寂しげに、目を伏せている。ちらりと見て、クロも俯く。

「そんなに落ち込むなって。なんとかなるといいな」

クロの表情を勘違いしたのか、志郎が慰めるように言ってきた。

志郎は、高校二年生にしては、落ち着いた雰囲気を身にまとっている。運動部に在籍していたわけでもないのに肩幅のあるがっしりとした体つきで、痩《や》せ型のクロは内心密かに男らしい志郎の体格を羨《うらや》んでいた。

「こーら、高嶺君、クーちゃん。教室に入らないとホームルームはじまるぞ」

横から柔らかい叱責の声が飛んできて、クロと志郎はそちらに目を向ける。

「あ、結城《ゆうき》先生。おはようございます」

「はいおはよう、高嶺君」

……現れたのは、二年A組の、担任教師だ。

低めのヒール、ゆるやかなウェーブを描いた栗色の長い髪、清楚《せいそ》なワンピース姿の美人教師は、朗《ほが》らかな笑顔を向けてきている。

「クーちゃんは、挨拶は？」

「……朝会った時にしましたし」

「ここは学校なので、線引きはきちんとしなきゃ、メッだぞ」

まるで幼稚園児相手のように諭されて、クロはげんなりと目を逸らす。

担任教師である結城藍子《あいこ》は、クロの現在の保護者である。

クロの家庭にはややこしい事情が存在するが、志郎にも紫音にも、もちろん他の誰にも話したことはない。

保護者である藍子には感謝はしている。でも素直な態度では示せない。

「叱られて拗《す》ねちゃって、クーちゃんは可愛いなぁ！」

藍子が笑みを深めた。

感情表現が子供のように素直な藍子は、誰彼構わず人との距離感がやたらと近い。

それに昔から慣れないクロは、背中にぞわりと悪寒《おかん》が走る。

ぐっと接近されて、頭を撫でるためか手を伸ばされた。

「……っ」

捕まるまいと、クロはとっさに背後へ下がるが、足がもつれてしまう。体重を後ろに思い切りかけた弾みで、廊下に尻もちをつく羽目になった。

「痛《い》っつぅ……」

すぐさま、走り寄ってきたのは紫音だった。

心配してくれたのか。少し心が救われるような思いで見上げると。

「相変わらず、お姉さんなのに意識しすぎ」

吐き捨てられて、冷たい瞳で見下ろされてしまった。

いつもこうだった。スキンシップを好む藍子に、過敏な反応を見せてしまう。

「あ、あぁ、クーちゃん大丈夫？」

藍子はクロを転ばしたことで、心配げに立ち尽くしていた。悪気はないのだろう。

そんなことくらい分かる。これでも藍子は進学クラスの優秀な現国教師として、学校で一目置かれている。

……クロにはいくつか、人には言えない秘密がある。

幽霊が見えること以上の秘密まで、紫音に露見してしまうかもしれない。

それだけは避けたい。嫌な予感に、ぶるりと寒気を覚えた。

「クーちゃん……？」

「いいから俺に構わないでください。さっさとホームルームはじめてください先生」

「う、うん、わかった」

藍子が神妙に頷いた。

志郎は同情めいた苦笑をクロに向けつつ、教室の方に入っていった。

藍子も入っていこうとしたところで、ふと背後を振り返る。

化学教師の松本《まつもと》先生が、白衣姿で廊下を通りすがるところだった。

クロも自然とつられて、松本先生へと視線を遣《や》ってしまう。

ひょろりと細い、青白い顔の中年教師。見るからに不健康で、古い眼鏡をかけているようだが、それ以外はこれといって特徴があるわけではない。

それでも、藍子も、クロも、彼に注視してしまっていた。

「松本先生」

「……なんですか」

藍子に呼びかけられて、松本先生は藍子の方を振り返った。口調は柔らかいものの、それが他人との面倒を避けるための対応であるということは、仕草にあらわれている。

「いい加減に憑いてるものを落とさないと、健康に悪いですよ？」

笑顔を浮かべて、天気の話でもするみたいな調子で藍子が言う。

松本先生の方は意味が分からない様子で、無視を決め込んだようだ。適当にうなずくと神経質そうに眼鏡の縁を触りながら、急ぎ足で去っていった。

「松本先生がどうかしたの？」

ずっと横に立ったままの紫音が聞いてくる。

返事の代わりに、クロは息を吐いた。

化学の授業の度に顔を合わせる松本先生に、うすぼんやりとした黒い影がまとわりついているのは、確かにいつも感じていた。

その影は、常に彼の、着古した白衣のポケットの辺りに。


昼休みを報《しら》せる鐘が校舎内に響き渡った。

ようやく長い休み時間に突入したことに、クロは深くため息を漏らした。

色々なことに、いつもよりも神経をすり減らしていた。

弁当を食べて元気を取り戻そうと、いそいそとカバンに手を伸ばす。十七歳の健康的な男子らしく食欲は旺盛で、弁当箱は大きい。

「ねえねえ、クロ」

当たり前のようにそばに立っている紫音に、声をかけられた。

「なんだよ？」

「あれって、クロのお姉さんと妹さんじゃない？」

弁当を出す手が、ピタリと止まってしまった。

紫音が教室の入り口を指し、そちらを向くと、見覚えのある少女が二人立っていた。

少女たちが、開け放たれた入り口から、脇目もふらずクロの席にまっすぐに向かってきた。クラスはおろか、学年の違う少女たちが堂々と教室内を闊歩《かっぽ》しているので、クラス中の注目が集まってしまっている。

力が抜けていく。一瞬で食欲も失せた。

クロの家族である、三年生の結城緋色《ひいろ》と、一年生の結城黄《きい》。

三姉妹の次女と三女が、こぞって登場してきたのだ。

「やっほーお兄ちゃん。お昼ご飯、ご一緒しましょ」

ご機嫌な笑顔で、黄が手を振ってくる。ボブカットを二つに結んでいる黄は、背丈が低い上に幼く愛くるしい容姿で、見るからに親しみに溢れている。

「チッ」

緋色はそっぽを向いた状態で、いかにも嫌そうに舌打ちしている。

こちらはまっすぐな長い髪を高い位置でポニーテールにしている、切れ長な瞳の凛《りん》とした少女である。姉としての威厳と、先輩としての風格を漂《ただよ》わせ、近寄りがたい雰囲気だ。

「一緒にご飯なんて、食べたことないだろ……」

クロは小声で訴えるものの、目の前の姉妹は全く意に介さない様子だ。

「事情があるんだ。お兄ちゃんにちょっと聞きたいことがあるんだけど」

「なんだよ」

「あんまり人に聞かれたくないんだよね……うん。屋上に行こう屋上！」

黄が人差し指をぴんと立てて提案してくる。

「なんで屋上……ここで済ませてくれよ」

「うるさい、黙れ、アンタに発言権はない。分かったらさっさと動きなさいよね。こっちだってヒマじゃないんだから」

往生際の悪いクロに、厳格な緋色が射殺すような眼差しで言ってくる。

「ごめんね、お兄ちゃんをちょっと借りてっていい？」

姉妹の乱入に呆気《あっけ》にとられている志郎へと、黄が声をかけた。

……紫音がいなくなってからというものの、クロは、志郎と一緒に裏庭の桜の木の下で昼休みを過ごすのが日課だったが……。

志郎は苦笑いで、肩をすくめる。

「いくらでもどうぞ」

「裏切り者め……」

クロは諦め、机に置いたカバンから弁当を取り出した。

姉妹は、事が決まったが早く屋上へと早足で立ち去っていたので、急いで追いかける。

後ろからは足音もなく、紫音がついてきているのを感じた。

「クロがお姉さんと妹に呼び出されるなんて、珍しいよね」

クロは肩越しに振り返って、視線だけで訴える。

正直、姉妹との会話を紫音には聞かれたくはない。

「ねえクロ。今からあの二人に虐《いじ》められるの？」

訴える視線をまるで無視して、紫音の目は好奇心で輝いている。

クロは一瞬だけ睨んだものの、本当に虐められそうなので言い返せない。姉も妹も、クロにとっては悪魔のように恐ろしい存在なのだ。

「紫音、頼むからさ、教室で待っててくれないかな」

「嫌。だって面白そうだもん」

「ですよね……」

改めて拝んだところで、紫音が聞き届けてくれるはずもなかった。

屋上に続く階段を昇っていく緋色と黄に、クロと紫音も続く。こういう時率先して動きたがる黄が、全身の力を使って、鋼鉄製の分厚い扉を押し開いた。

扉は重々しく軋《きし》み、屋上の光景が眼前に現れる。

普段から屋上は開放されている。昼休みともなれば、思い思いにランチタイムを楽しむ生徒が大勢いるのだが……。

「わぁあー！」

扉を開け放った瞬間、風が吹き荒れる屋上が見えた。

悲鳴をあげた黄は、小柄なせいで風に飛ばされてしまいそうだ。

朝からの強風は続いているらしい。この分では、屋上に出ようと思う生徒はいないだろう。誰もいない、がらんとした屋上へと出て行く。

姉妹は二人ともハーフパンツを穿いているようで、強風に対して準備が良い。それだけで、ある程度前々から、今の状況が計画されていたことが伝わってくる。

「なんでこんな風の強い日にわざわざ屋上なんだよ……！」

ぼやきながら、クロも屋上へと出た。

突風は砂埃《すなぼこり》を巻き上げ、屋上に荒れ狂っている。乱れた髪の毛を必死で押さえつけている黄を視界の端に、フェンスに背中を預けた。

「で。コイツは何よ」

おもむろに緋色が、クロの前で腕組みして立った。

大きな瞳を細めるようにしてきつく睨み据えられると、身体が無意識に硬直していく。

緋色の見つめる先にいるのは、クロの横でフェンスにもたれかかっている紫音だった。

「クー。アンタ、なんで幽霊と行動を共にしてるの？　幽霊とはもう関わらない、そういう約束だったはず」

追及されるだろうとは思っていた。ただ、学年は違うし、コース専攻も多岐にあって、生徒数が多い学園だ。仲良しきょうだいでもないから、ふだん、学園での交流はほぼないに等しい。だから、思っていたよりずいぶん早かった。

屋上を選んだのは、今日この場に人気がないことを分かっていたからだろう。

「あの、もしかして、私のこと見えてるの？」

紫音がようやく気付いたらしい。目を丸くして、姿勢を正している。

「言っただろ。霊感が強い家族だって。結城家は、全員幽霊が見える体質だ」

クロは、紫音に向けてため息混じりに説明してやる。

「それで、そこの幽霊。どういうつもり？」

いきさつを語る間もなく、緋色は紫音にも問いかけた。寒くはないが背筋が凍る。

実体のない幽霊より、緋色を怒らせるほうがクロにはずっと恐ろしい。

「クーにとり憑いたの？」

ギラリとした眼差しの矛先を、今度は紫音の方へと向ける。

確かな敵意を感じて、クロは咄嗟《とっさ》に取り成すような声を上げた。

「緋色、聞いてくれ。紫音は元クラスメイトで……」

「黙れ」

遮られた。

「私たちに害を与える存在なら、容赦はしない。消すわよ」

緋色は、紫音だけを見据えて言った。

告げられた紫音は、きょとんとしている。

風は相変わらずびゅうびゅうと大きな音を立てて、髪の毛を激しく掻き回してくる。

しかし紫音には、風は一切の影響を及ぶことがない。まっすぐな長い黒髪は、彼女の肩や背中に落ち、その一本たりとも風に揺らめくことはない。

「とり憑いた、というのは、私がクロに何をしている状態なんですか？」

紫音は、迫力のある姉に対して怖がる素振りを見せないが、緋色が先輩だという自覚は一応あるらしい。丁寧な言葉遣いで問いかけた。

「とり憑くっていうのはね、対象から離れないでどんどん消耗させていくの。消耗させて悪さしようとか、身体を乗っ取ろうとするとか。ひきずって、そのままあの世まで連れていっちゃうとかね。簡単に言うとそんな感じ」

紫音と面識はなかったはずだが、黄が親しげな口調を挟んできた。

「そういえばちょっと前に、お兄ちゃんのクラスで死んだ子がいたって聞いたかも。それが、しおちゃん？」

「……」

黄は、生死に頓着がない。

それでも死んだ、と、躊躇《ためら》いなく言ってしまえる黄独特の感覚は理解できない。

しかも仮にも先輩を、「しおちゃん」呼ばわりだ。本当に無礼極まりない妹だが、それが許されるだけの愛嬌を持っている。

「ええっと、別に私はクロに何かしようという気は一切ない……ふふっ、く、だ、だめです。フフフ……っ」

黄の方を向いて答えた紫音が、おもむろに俯き、肩を揺らした。

笑いを堪《こら》え切れていない。

「え？」

黄の髪の毛が乱れすぎているのが原因だろう。当の黄は、笑われた理由が分からないらしく、つられ笑いで返している。

黄の前に緋色が庇《かば》うように立った。

先より勢いを増して怒りに燃えた瞳で、紫音をギッと睨みつける。

今度は、クロの方が慌てて紫音の前に両手をひろげて立たねばならなくなった。

「ちょっと待ってくれ頼むから！　怨霊《おんりょう》とか、俺にとり憑いてるとかじゃない！　紫音は俺の友達の……っ」

ためらったが、言い切る。

「紫音は、志郎の大切な人だったんだよ！　だから、だから……成仏させてやりたいんだ」

語尾に近づくだけ、声音《こわね》のトーンは、うなだれる首とともに落ちていく。

睨まれようが殴られようが、ここだけは退《ひ》けなかった。

言葉にするのも辛いのが本音だ。けれどクロは、必死に言い募《つの》る。

「俺は……俺は、紫音の心残りを一緒に探さなきゃならないんだ」

風音の中、心臓に悪い数秒の沈黙を経て、緋色が口を開いた。

「……だったら、さっさと心残りとやらを探しなさいよ。幽霊引き連れて歩いてるアンタを見るの、目障《めざわ》りだから」

緋色は言い捨てて、ポニーテールを揺らしながら、屋上の出入り口へと立ち去った。

クロはその場にずるずると腰を下ろした。一応、認めてくれたらしい。

まだ残っていた妹の方の黄が、クロの横に腰をおろした。

「さ、お弁当食べよっか、お兄ちゃん」

「え、本気でここで食う気か」

「お腹空いたもん。今から教室に戻るのもめんどくさいし、ここで食べる！」

鼻歌まじりに言った黄が、手に持っていた弁当の包みを腿《もも》の上に置く。

「緋色は放っておいていいのか？」

黄は緋色と行動を共にしていることが多い。性格的に友達もたくさんいるタイプなのだが、姉にべったりなまだ幼い面もある。

「ひいちゃんはね、心配性すぎるんだよ。単にお兄ちゃんを心配してたの。それなのに素直じゃないから、分かりにくいトゲトゲした態度になっちゃうんだよねぇ。わたしはただ付き合わされただけ。ひいちゃんが納得したなら、放っておいていいんじゃない？」

黄の方は、緋色と違って幽霊云々《うんぬん》の話題に興味はないらしい。

紫音の存在にも好意的な様子で、愛想良く笑顔を向けていた。

「うわーい今日も美味《おい》しそー」

弁当箱のフタを開けて、目を輝かせている。毎日同じような弁当を見ているはずなのだが、もしや毎日こんなに感動しているのだろうか。

これまでに見たことのなかった、学生生活での家族の姿に新鮮な疑問を抱いた。そういえば家でも毎日毎食ごとに、黄は大騒ぎしては緋色に叱られている。

風も少し落ち着いてきたようだった。クロも教室に戻って食べるより、ここで済ませた方が手っ取り早いと結論づける。

膝に乗せた包みを開き、弁当箱のフタを上げた。

紫音が、二人の弁当箱の中身を興味深げに覗き込んでくる。

「中身が同じ」

「そりゃそうだろ、家族なんだから」

「えへへ、いいでしょ。これね、ひいちゃんの手作りなんだよー。ひいちゃんは、料理の天才なの」

黄が作ったわけではないのに、やたらと自慢げだ。

「ひいちゃんって、緋色先輩のことだよね。クロの家では、緋色先輩がお弁当を作っているの？」

「そだよ」

「だって、お母さんは……？」

「ねね、お兄ちゃん。からあげ取り替えっこしよ」

紫音の問いかけを遮り、黄がはしゃぐような声を上げた。内容量はクロの方がずいぶんと多いが、勝手に同じからあげを入れ替えている。

横目でちら、と、紫音にアイコンタクトを送った。

両親の話は、黄には禁句なんだ。

紫音もなんとなく察してくれたらしい。それ以上の突っ込みはなかった。

黙々と食べることに集中していると、ふと、紫音の羨ましそうな視線に気付いた。

「クロ、私にも食べさせて。あーん」

「……無理」

断った瞬間に襲いかかってきた恨みがましい眼を避けて、そっぽを向くように、フェンスの向こうに視線を投げた。

「あ」

ここから、校舎裏の焼却炉が見下ろせる。

焼却炉の脇の茂みに、あのセーラー服の幽霊が、這いずりまわっている姿が見えた。

あの幽霊自体は、クロ自身、入学してから何度も目にしていた。

ただ、意識はしないようにしてきた。目を背けてきた。

幽霊に関わっても、面倒と哀しい思い出が増えるだけで、ロクなことにはならない。

霊感体質の結城家の人間たちは、嫌というほど思い知っている。だから緋色も、幽霊に進んで関わろうとしているクロに腹を立てたのだろう。

セーラー服の幽霊のいる焼却炉脇の光景は、朝と何一つ変わっていない。

おそらくずっと、何日も、何年も。

へたすれば何十年もの間、そのままだ。

虫のように小さなその背中を、苦い気持ちでじっと見据えるクロに、紫音も気付いたようだった。すぐ、綺麗な顔を悲しげに歪《ゆが》めた。

「彼女はずっと、あの状態でしかいられないのかな……」

「んー？　なになにー？」

紫音の呟きを聞きつけた黄が、弁当箱を下ろして膝立ちになる。フェンスの方に身を乗り出した。

――クロの肩に、手をかけて。

「うわ、バカ黄っ、ちょ、離れろ……！」

黄に触られると、まずい。

途端に慌てふためいたクロが身をよじるが、黄の手は離れない。背中にフェンスが当たる。逃げ道がない。腕に力が入らなくなって振り払うこともできない。

一瞬で顔を青くしたクロは、弱々しい声を上げることしかできなかった。

「お兄ちゃんは本当に面白いなぁ」

黄が口の端をにやりと持ち上げている。何か悪巧みしている時の顔だ。愛らしい顔をして、こいつはそういうやつだったと、クロは改めて思い知る。

「えーい」

　めることすらできない。


「ぎゃあ！」

　最悪なことに、正面から抱きつかれた。食べかけの弁当箱が膝から滑り落ちる。がしゃんと耳障りな音が響き渡る。クロにはひっくり返ってしまったかどうかを、確かめることすらできない。

　ぞわぞわと頭皮にまで鳥肌を立てて、クロは震えながら悲鳴を上げた。

「やめてくれ、助け、助けて……！　これ以上は……」

「あ。お兄ちゃんが見てたのって、あの幽霊の女の子？」

　黄は幽霊の姿に、呑気にコメントした。クロの肩にあごを乗せたままである。

「あの子、ここから落っこちちゃったのかな？　確かパンフレットで見たことあるけど、制服がこの学園の大昔の型だよ。調べてみたら事故の記録も残ってるかもね」

「……黄ちゃん、クロが死にそうになってるけど」

　ようやく紫音が助け船を出した頃には、もう手遅れなのを感じた。

　目の前が白くなっていく。音が聞こえなくなる。

　立ちくらみにも似た感じで、意識がすうっと遠のいていく。

　クロは一定時間以上女性の体に触れていると、意識を失ってしまうのだ。幼い頃に、強い霊感と共に、この厄介な体質を手に入れてしまった。

　女の子に触ることすらできない、自分の特異体質を知られてしまった。

霞んでいく視界に、紫音の姿が垣間見えて。

……ああ、紫音にだけは、決して、知られたくなかったんだ……。

思いながら、クロは意識を失った。


クロは薄く、目を開けた。

目が霞む。寝起きのように頭がぼんやりとして、状況を上手《うま》く理解できない。

彷徨《さまよ》わせた視界の中に、何かが映った。

ピントの合わない目を凝《こ》らして、それが紫音の顔だということに気付く。

腰を折って覗き込んでくるその近さに鼓動が跳ねて、意識が一気に覚醒した。

「あ、起きた」

「……俺、なんでこんなとこで寝て……」

掠れる声を絞り出しながら、のろのろと起き上がる。

黄の悪戯《いたずら》によって、気絶させられたことを思い出した。

風の吹き荒《すさ》ぶ屋上に、そのまま倒れていたらしい。膝から滑り落ちた弁当箱さえもそのままで。

ぐるりと辺りを見回してみても、黄の姿は見当たらない。今の屋上には、クロと紫音だけだ。

「どれぐらい倒れてた？」

「お昼休みは終わって、午後の授業が始まってる」

「まじか……クソ、あのバカ、人をオモチャ扱いしやがって……」

クロはぐちぐちとこぼしながら、弁当の残骸を片付ける。

まだ覚束《おぼつか》ない足取りで移動して、校舎内に戻った。長い間晒されていた強風から逃れたクロは、ようやく一息ついた。

「クロの意外な一面を知っちゃった」

横では紫音が、いたずらっぽく無邪気な笑顔を向けてきていた。

「幽霊が見えるのにも驚いたけど、まさか女の子に触れたら気絶するなんて」

くすくすと笑い声を上げる紫音に、クロは呻きを漏らす。

「結城家にまつわる、呪いみたいなものなんだ」

「ねぇ、ほんの少しの接触でも無理なの？」

「頼むからさっさと忘れてくれ」

クロは言い放ち、その話題から逃げるために早足で歩き出した。家庭の事情を話すと長くなるし、たくさんの傷を抱えた過去の話をしたくなかった。

校舎内の廊下は、人影もなくしんと静まり返っている。

午後の授業は既にはじまっているし、今さら教室に戻っても奇異の目に晒される。自分の教室には向かわずに、すぐ近くで目についた資料閲覧室に入ることにする。授業が終わるまで、ここで時間を潰すのが妥当だろう。

ドアをがらりと開けた中には、案の定、誰もいなかった。

室内は、ほぼ中央に据えられた折り畳み式の長机と、数脚のパイプ椅子。立ち並ぶ本棚と狭苦しい。壁に等間隔にかけられた額縁には、星陵学園の歴史なる建物写真が飾られている。本棚の方には、様々な星陵学園に関する資料が無造作に詰め込まれているようだった。

埃っぽい、古びた紙の匂いがした。

積み重ねられた時間の匂いだ。

出入り口付近でしばらく立ち尽くしたクロは、ふと思い立つ。

つかつかと中まで進むと、机の上に弁当の包みを置いて、本棚の前に立った。

さまざまな記事がまとめられたファイルを、適当に取り出す。

「何を探しているの？」

「ちょっとした調べもの」

まだ少し頭がぼんやりとしている。クロは頭を揺さぶりつつ、ファイルをぺらぺらと捲《めく》っていった。

「……ねえ」

「ん？」

隣の紫音が上げた声に、クロはファイルから目を離さずに返事した。

「クロは、私のこと、悪い幽霊だと思う？」

唐突な言葉に、顔を横に向ける。

真顔の紫音が、クロの顔をじっと見上げていた。

いつも自信に充《み》ち満ちていた瞳が、不安げな色を宿していた。

「さっき緋色に言われたこと、気にしてるのか」

「確かに迷惑だよね。幽霊の私が付きまとってると、クロには邪魔にしかならないし」

「言っただろ。俺はお前と一緒にいる。一緒に心残りを探す」

胸の前でぎゅっと拳を握りしめている紫音に向け、クロは言った。

「そんな心配はお前らしくない」

告げると、紫音が俯きかけていた顔を上げて、驚いたように目を大きくした。

瞬《またた》く瞳で、まっすぐに見つめ返してくる。

「そうだよね。私らしくない」

紫音は笑《え》んだ。

目を細め、深く、無邪気に。

クロは紫音の笑みにつられ、口の端《は》を上げた。

それでいいんだよ、長谷川紫音。

それが、俺の——俺と、志郎の望んでいることなんだから。

「じゃあ私、ずっとクロに付きまとうから。ずっとずっとずっと」

「いや、心残りはどうなった」

「私、成仏する気はないよ？　ずっとクロと一緒にいる」

そう言って紫音は、いたずらっぽくクロを見上げてくる。そんな紫音の仕草、一つ一つを見る度に、クロは堪《たま》らなくなって、目を逸らしてしまう。

「なかなか見つからないな」

ぱらぱら捲るファイルに目を戻す。意識的に、成仏の話題を避けてしまう。

「これって、地方新聞の記事？」

「……まあ」

「クロ、あの子のこと、探してるんだ」

見透かすように挑発的な笑みを浮かべられて、気恥ずかしくなった。

ずっと、幽霊に関わらないようにしてきた。

けれど、自分から望んで、一歩を踏み出した。もう無関係は装えない。

幽霊が見えるのに、幽霊から目を逸らし続ける生活は、もう終わりにしようと思う。

クロの家族は皆、一族のしがらみに縛り付けられて、酷《ひど》い傷を抱えていた。幽霊との関わり合いを避けるのも、存在に敏感になってしまうのも、そのせいだ。

生身《なまみ》の人間だって、憑き物を抱えることは起こりうる。

そこから抜け出さなければ、一生縛り付けられて、苦しんでしまう。

「屋上から落下したなら、もしかしたら過去の記事に残ってるかもしれないって」

「手伝ってあげる」

紫音の言葉を、少し意外に感じた。

「俺、紫音は他人に興味がないと思ってた」

「……そんなことないよ？」

本棚を真剣に眺めながら、こちらを振り返ることすらせず応えてくる。

「ね、クロは新聞記事の方を調べて。私は過去の卒業アルバムから、あの子のこと探してみる。アルバム写真でも見つけたら、何か分かることもあるかもしれないでしょう？」

以前の紫音は、クラスで友達を作ろうともせず、浮いた存在になっていた。今こうして他の幽霊のために何かしてやろうとしていることに、驚きさえも感じる。

それでも、紫音の眼差しに、嘘は一切見えなかった。

「じゃあ、お前はこっち。よろしくな」

古い年代の卒業アルバムを、紫音の前にひろげてやる。

「うん、任せて」

あんまりマジメなものだから、クロは少し笑ってしまって、口元を緩めたまま、クロも自分の受け持ちに集中することにした。

そこから会話はしばし途絶えた。

ぺらり、と、ページを捲る音だけを静けさの中に響かせて、午後の時間はのどかに過ぎていく。

時折、紫音が乞う声を上げると、手を伸ばしてページを捲ってやる。

ホコリ臭くて狭苦しい資料室の窓からは、うららかな陽射しが射し込んでくる。

ぬるま湯のような気温も相まって、眠気を誘うほどに、心地良い時間だった。

体育の授業をしているらしき歓声と、音楽の授業か、ピアノの音が小さく聞こえる。

クロは、星陵学園に関する記事へ、次から次に目を通していく。星陵学園の歴史は長く、経営関連の大きなニュースしか記録に残っていないようで、生徒の飛び降りに関する記事は載っていない可能性が大きい。途方もない作業だ。何も見つからなくても仕方ない。

しかし古い記事から、手がかりになる情報も得られた。星陵学園が、セーラー服だった時代が絞られたのだ。今から二十年近くも前だった。

アルバムに目を通す年代も、おのずと絞られてくる。

紫音とともに、いつしか夢中になってアルバムの方を探した。

次々とアルバムを開いて、机に積み重ねて、席を立って棚から引っ張り出したアルバムを腕に抱えて席に戻って、何人も、何人もの顔を見続けた。

窓から射し込む陽光の角度が変わって、全授業が終了しそうな時刻まで。

隣の紫音も文句一つ言うことなく、黙々と捜索を続けていた。

「……いた」

震える紫音の呟きが、そろそろ夕暮れに差し掛かろうという室内の、静寂を破った。

「いたよ！　見つけたよクロ！」

「よっしゃどこだ！」

「これ！　この子！　私ちゃんと顔見て覚えてたから！」

嬉しさのあまりか、紫音が興奮した声で騒ぐ。

クロも椅子を蹴って、中腰に立った。

机に広げられた一冊の、古びた卒業アルバムの、紫音が指差す場所を見る。

クラスの集合写真で、右上に四角く別貼りされていた女生徒の写真。

その顔に、見覚えがあった。

注意深く見なければ別人かと思うほどだが、確かに、焼却炉の脇にいたセーラー服の女の子だった。

写真の中の彼女は、血の気の失せた白い頬と生気のない濁った眼ではない。

血色の良い丸い頬をしていて、きらきら輝く、生きた眼差しの持ち主だった。

「やっぱり、かなり昔だな」

「なんで死んじゃったのかは、やっぱり分かりそうにないね。焼却炉の近くで何をずっと探してたんだろ？　この写真だけじゃさっぱり分からない」

「あの幽霊が依り代にしているのは、焼却炉なんじゃないか——あ」

「どうしたの？」

目的のアルバムにざっと目を通していたら、もう一人、知っている名前を発見した。

セーラー服の幽霊と同じクラスの男子。

集合写真のページにも、その姿を確認できた。

顔はずいぶん幼いが、見覚えのある特徴的な眼鏡をしている。間違いなくあの人だ。

「あの人の憑き物が、関係してるってことか……？」

「クロ？」

首を傾げている紫音をよそに、クロは大体の事情を察した。

見ないように避けてはいても、クロの強すぎる霊感は感じ取ってしまっていた。

化学の授業のたびにいつも。

……影をまとわりつかせる、胸のポケット。

きっとその中に、彼女の望むものがある。

「よし、行こう」

パイプ椅子を改めて引き、クロはすっくと立ち上がった。

「どこに行くの？　あの女の子のところ？」

「いや、多分、職員室か、化学室、にいるか……？」

自信なさげに言いつつ、クロは歩き出した。

戸惑っている様子だが、紫音も素直についてくる。

資料閲覧室から出る直前、クロは振り返らずにぽつりと言った。

「俺はさ、幽霊は、成仏するべきだと思う」

背後の気配が、揺れたような気がした。

前だけを見て、声が震えないように拳を強く握って、クロは続ける。

「幽霊は哀しい存在だ。だから、どんなに辛くても、一緒にいたくても、成仏しなきゃいけないんだ」

自分に言い聞かせるようにそう言うと、ドアに手をかけてがらりと開けた。

背後の紫音がどんな顔をしているのか想像してしまって、即座に振り払った。

伝えなければいけなかった。自分の決めた終着点を。

紫音の心残りを探して、幽霊を成仏に導く。それが終着点。それ以外に道はない。

それなのに、心のどこかで逃避を続けている。

クロは俯き、唇を噛んだ。


下校時刻の廊下は、生徒たちでごった返していた。

学業から解放され、晴れやかな顔で昇降口に向かう生徒たちに逆行し、クロと紫音は、校舎二階の奥まった場所にある化学室を目指す。

進むにつれて、人の姿は減っていく。

化学室の周辺まで来る頃には誰の姿も見えなくなった。

廊下が不自然なほど静かだ。

誰の姿も見えない。

奇妙に空気が重苦しく、薄暗ささえ感じる。

長い年月で膿《うみ》のように溜まった憑き物が――瘴気《しょうき》となって、漏れ出している。

生徒たちが、無意識にその場所を避けるほどなのだろう。

ぴたりと閉め切られたドアのガラス窓から、化学室の中をそっと覗く。

中に誰もいなかったので、続いて、隣接する化学準備室の方も覗いてみる。

授業で使う模型や、実験用具が置かれた中に、化学教師が立っていた。

「あ、いた」

「松本先生が関係してるの？」

紫音の問いかけに、クロは無言で肩をすくめた。

先ほど調べたアルバムで大方《おおかた》の見当をつけはしたが、まだ確証はない。それを確かめるために、ここまで足を運んできたのだ。

クロは息を吸って、軽く二、三度、ノックした。

「……はい、どうぞ」

陰気でくぐもった声が、扉の向こうから聞こえてきた。

クロががちゃりとドアを開き、紫音と共に、化学準備室へと踏み込む。

化学教師の視線は、当然のようにクロの姿だけをとらえている。

薄暗い表情を少しも変えず、彼は言った。

「何か用かい？　ええと、ごめんね。ちょっと名前が出てこない」

「二年A組の結城クロです」

「結城って……ああ、キミ、結城藍子先生の弟か」

「まぁ……」

クロが曖昧《あいまい》に濁すと、松本先生は、ゆらりと力の抜けた動きで窓の外を眺めた。

こうして生徒が尋ねてきても、眼鏡の奥の両目は興味なさげだった。藍子の名前を出したのも、社交辞令程度のものだろう。

生きていながらも死者を思わせる、どろりと濁った眼差し。

長い間、心の片隅に気になっていることがあって、現実をしっかりと見据えていない。

とり憑かれた人間だ。

「松本先生。少し質問していいですか」

「ああ、どうぞ。授業のことかい？」

「その白衣の胸ポケットに、何が入っているんですか？」

何も幽霊だけが、人間にとり憑くわけではない。物にも思念は宿る。それがどういう形であれ、自分の心を侵食しているのなら。

やはりそれは、怨念なのだ。

弾《はじ》かれたように振り返った松本先生の表情は、歪んでいた。

一瞬の動揺を取り繕《つくろ》うように、眼鏡の縁に触れ、また背中を向けてしまう。

「特に何も入れてないよ。変なことを聞くんだね」

「ちょっと確認したくて。そのポケットに入ってるものって、もしかして松本先生の物じゃなくて、かつては誰かの物だったんじゃないかって」

「何も入ってないって言ってるだろう！」

突然だった。振り向かないままで、松本先生が声を荒げた。

今までに聞いたことのない、感情的な声だ。

「……用事はそれだけかい？　出ていってくれないかな。僕も暇じゃないんでね」

「もう一つだけ聞きたいんです。松本先生は、この学園の出身だったんですよね。三年生の時、同じクラスだった女子が亡くなってる」

冷静な声を出すと、松本先生の背が、びくりと揺れた。

我慢できない様子で、振り返ってクロを見てくる。怯《おび》えた目。しかし濁って何も映していないように見えた。

「どこでそれを聞いたんだい？」

「まぁ、ちょっとしたウワサで。わざわざ出身校で教師をしているんですね」

「たまたまだよ」

表情が、明らかに動揺している。

一気に畳みかけることにして、クロは一歩前に出た。

「亡くなったクラスメイトの女子が気になって、何十年経った今でも頭から離れてくれない。それで教員免許まで取って、ここに戻ってきたとか」

「……なぜそれを」

　途端、松本先生の表情が豹変した。

「お前、調べたんだな！」

　怒りに顔を赤くして、クロを強く睨みつける。

「僕は何も知らない！　何も、何も知らない、していない！　彼女は自殺したんだ！　それ以外のなんでもない！」

「自殺？　俺は何も言ってませんけど」

　気付けば、窓から射し込む陽《ひ》の色が、今まさに鮮やかでありながら淡い、あの色に変わろうとしている。

　もうすぐ、いつもの、あの時間がやってくる。昼と夜の間が。

　横に立つ紫音は何も言わない。

　クロと、松本先生を交互に見ているだけだ。

「その女子は、自殺したんですか」

「そ、そうだよ。僕と同じクラスの子で、ある日いきなり屋上から飛び降りたんだ。あんな高いフェンスがあるんだ。故意に突き落とすことなんてできっこないし、乗り越えて飛び降りるなんて、自殺以外のなんでもない。ない」

「警察が、自殺って断定したんですか？」

「そうだ。い、遺書とかは見当たらなかったけど、状況的に自殺だって」

「遺書はなかったけど、何かを残した」

松本先生の顔が、さっと青ざめた。

「ああ……そうか。彼女は今でもそれを探してるんだ。松本先生は、それをポケットに隠してるんですね」

「何を言ってるのか分からない！　うるさい！　彼女が探してるってどういうことだ⁉」

あの子は死んだ！　僕は、ぼくはその場で見て……！

ひび割れた声で吐き出し、彼は、反射的な動作で自分の口を押さえた。

空気が酷く張り詰めている。

針の一突きで、破裂しそうなほど。

「見てた、んですか」

「知らない、僕は何も知らないんだ！　うるさい！　出て行ってくれ！」

その場に崩れ落ちた松本先生は、うずくまって耳を塞いだ。

クロの言葉をこれ以上聞き入れる余裕はなさそうだ。

沈黙の降りた準備室の窓。

そこから、夕陽が射し込んできた。

視界が、赤く染まる。

「……分かりました。失礼します」

クロはあっさりと引き下がった。

簡単に一礼し、化学準備室から出る。緊迫した空間からの解放で、深く息を吐き出した。

当然、紫音も一緒に退室している。

こちらは憮然《ぶぜん》とした表情だ。

「松本先生、どう考えても犯人っぽいんだけど。ほっとくの？」

ずっと黙っていた紫音が、ようやく口を開いた。

「犯人っていうか、そんな感じじゃない気がするな。あの人は、憑かれてる。彼女の探してるもの。死んだ理由に」

確証は得た。

が、ここからどうするかだ。

「松本先生の方を、焼却炉に連れてくのが理想だったけど、あんな状態じゃ無理だしな」

「無理矢理引きずっていく？」

「大の男を俺だけで引きずっていけるか。……仕方ない、あっちを連れてくるか」

「あっちって……それこそ無理なんじゃ」

クロは、唐突に廊下を走り出した。

「ちょ、ちょっと待ってよ」

慌てた様子で、紫音も追いかけてくる。

人気《ひとけ》のない廊下を、二人で駆ける。

クロの足音だけが、静けさの中に反響した。

「ねえ、連れてくるって、どうやって？ あの子のあの様子だと、私たちの声なんか届かないんじゃないの？ それに、焼却炉から離れられないんでしょう？」

息を切らす様子もなく、紫音が横から問いかけてきた。

「話を聞いてもらえないなら、無理矢理連れていけばいい。離れられないなら、引き剥がせばいい。……少し、ルール違反だけどな」

「だって人間は、幽霊に触れないんじゃ……」

紫音の疑問に答えず、クロはただ足を速めた。

この時間、光と闇を隔てる境界、生者と死者との線引きも曖昧になる、この時間なら。

幽霊に関わらないように生きてきた。

けれど、ずっと視界の端には映っていた。

どこにも、誰にも、届かない哀しい声を上げて。

ただひたすらに救われることだけを求めて。

彷徨う、彼らの姿が。

……そんなのはもううんざりだ。

ぐっと固めた拳を振って、クロはまっすぐに前を見据えた。

靴に履き替える余裕がない。シューズのままで昇降口を飛び出す。

走って、走って、全速力で校舎裏を目指す。

息が上がってきた頃に、煤けた焼却炉を視界にとらえた。

いつもと変わらず、彼女はそこにいた。

誰の目も気にせず、獣のように這いつくばって、そこで失くした何かを探して。

うろうろと、辺りに視線を泳がせて。

目標は見つけたが、息が切れたクロは一旦立ち止まって、呼吸を整えなくてはいけなくなった。

その脇を、紫音が走り抜けていった。その横顔は、必死なものに見えた。

「あの！　すいませんお願いだから聞いて！　松本先生に会ってほしいんです！」

うずくまるセーラー服の傍らに膝をついて、呼びかけている。

紫音はその幽霊を見かけた最初から、ずっと気にかけていた。何かが変わる可能性を見つけた今、きっと必死になっているのだ。

しかし彼女は顔を上げない。紫音の声は届いていない。

彼女の目には何も映らず、他の何もかもを忘れて、『それ』だけをひたすらに探し続けている。

見つけなきゃ。見つけなきゃ。見つけなきゃ。見つけなきゃ。

――見つけなきゃ。この辺りに落ちたはずだから。

口の中で呟くような、彼女の一心不乱な声が聞こえた気がした。

クロは唇を引き結び、大股に彼女へと歩み寄った。

彼女の背中を見下ろす位置で足を止め、目を瞑《つむ》り、吸い込んだ息をゆっくりと吐き出しながら、瞼を上げた。

呼吸を止めたまま、意識を集中させたまま。

彼女に、手を伸ばす。

――クロは彼女の二の腕をぐっとつかんで。

羽根のように軽く持ち上げ、一気に、立ち上がらせた。

「え、なんで……触れるの？」

地面に膝をついたままの紫音が、呆然と呟いていた。

突然立ち上がらされた幽霊の方は、虚ろな眼差しのまま、クロを見上げる。

自分がどういう状況か理解できていない様子だ。

「行くぞ」

クロは言って、彼女の腕をつかんだまま歩き出した。

虚ろだった女子の瞳に、徐々に、光が戻ってくる。

つかまれた自分の腕を見て、いやいや、と、首を横に振った。

「だめ……行けないの……ここで探さないと」

「お前はもう何十年も探し続けているんだ。そこにお前の探しているものはないんだよ」

「なんでそんなひどいこと言うの」

「ずっと一人で探してるとか……哀しいよ」

妄念に憑かれた幽霊は危険だ。

拠《よ》り所から強引に引き剥がしたことで、ともすれば、存在の形すら維持できず、一挙に悪意の塊となり果てる。

女子は今まで自分がいた場所を振り返ろうとする。焼却炉の辺りに目を凝《こ》らしていた。

だが構わず、強引に腕を引き続けた。

クロにだから、この時間だから、できることだった。

結城クロは、幽霊に触れる能力がある。

その危うい存在を、触れることによって移動させることもできる。

結城クロは女性に触れられない。呪いをかけられたからだ。だが、忌まわしい体質と同時に手に入れた霊感は、幽霊との接触を可能にしてくれた。

ただ、時間は夕刻の間だけだ。陽が高すぎても、沈んでも、幽霊に触れることは叶《かな》わなくなる。

それに、妄念に憑かれた幽霊を、無理に依り代から引き剥がしてしまえば、存在を保ちきれず消えてしまうことも、心の支えを失って怨霊になってしまうことも考えられる。爆弾を抱えているようなものだ。

だからクロは、急いでいた。

校舎に入って、先ほどとは逆ルートで、化学準備室へ向かう。

たどりついて、力任せにドアを開け放った。

松本先生は先ほどと同じ格好で、床の上にうずくまっていた。大きな音に、ひぃっと掠れた悲鳴とともに、顔を上げた。

クロの顔を見るやいなや、立ち上がって逃げようとした。上手くいかずに床に無様《ぶざま》に尻もちをついた。

「も、もう止《や》めてくれ！　僕、何も知らな、ほ、本当に知らないんだ！」

喚《わめ》く松本先生の前に。

クロは無言で腕を引き、自分の前に女子を立たせた。女子の肩に手を置く。

途端にぴたりと、松本先生の声が止んだ。

眼鏡の奥の、不健康に落ち窪んだ両目を、大きく見開く。

「え、なに。なんで、どうして君が……？」

クロが薄い肩に両手を置いている女子の体は、薄暮の中の現実世界に、淡く、儚《はかな》く映し出されていた。

ピントの合わない写真のように、輪郭はぼやけている。

しかし、松本先生にもその姿が視認できたようだ。

「あ。松本君だ」

小さな声で女子が言った。

大人しそうな、ごく普通の女の子の声だった。

クロが接触し続けていることで、現実世界と繋いでいることで、彼女の方も松本先生を認識できた様子だった。

「松本君……。ああ、そう。私ね、松本君に渡したかったの」

女子が呟く。

おそらく声までは、松本先生に届いていないだろう。

「何をコイツに渡すつもりだったんだよ」

クロが問うと、女子は顔をうつむかせた。

恥ずかしそうな顔は、生きている女の子と何一つとして変わらない。

「ラブレターを渡したくて」

彼女の想いが溢れて——流れ込んでくる。


あのね。今日みたいに、風が強い日だった。

この校舎の屋上で、ごうごうと唸る風を聞きながら、私は立っていたの。

ドキドキ、鼓動を高鳴らせながら、彼が来るのを待っていたの。

緊張して震えてもいたけれど、それでも期待に胸がいっぱいで、舞い上がってもいた。

手紙を男の子に渡すなんて、本当に一大事で。

クラス中でウワサになっちゃうから、誰にも知られるわけにはいかない。

はしたない女の子と思われても、仕方ない。

でも、想いを伝える手段は、それしかなくて。

好きだから、どうしても伝えたかった。

何日も何日もかけて、何回も何回も書き損じて、清書して、大切に大切に完成させたラブレター。

呼び出した彼が来て。

何も言葉なんて出てこない。

ただ私は、手に持っているものを差し出せばよかった。

想いは全部、そこに詰まってる。

だから私は、両手をおずおずと、彼に向けて差し出した。

その時。

いっそう強い風が吹いた。


「ラブレターを取ろうとして、落ちたのか」

クロが呆れたように呟くと、女子は小さく頷いた。

「フェンスの向こうに落ちちゃって。松本君はやめろって言ったのに、でもあの手紙は誰にも見られるわけにはいかなくて、松本君に渡さなきゃいけなくて、私慌ててフェンスに登って、落ちちゃった」

手が届きそうだった手紙も一緒に、風に乗って、舞って。

手を伸ばしたけれどもうつかめなくて。

落ちて、落ちて、落ちて。

地面にたたきつけられた衝撃。

何を考える間もなく、全部、消えた。

すごい速さで全てを失っていく中で、開いた目で、それだけ、見つけた。


……私の想い、焼却炉の横に落ちてる。


クロは、深く息を吐き出した。

「松本先生は、自分が責められるのが怖くて、ずっと黙ってたんだな。あの時、止めてやらなかったから。ただ見てただけだから」

茫然自失になっている松本先生へ、無表情に告げる。

「彼女は自殺したんじゃない。アンタへの手紙を取ろうとして、落ちたんだ」

「あ、あぁああ……」

か細く呻いて、松本先生がすすり泣いた。

しばらく黙ってそれを見ていた女子が、不意に、前に足を踏み出した。

松本先生の前で、膝をつこうとする。クロは慌てて、彼女の体から手が離れないようにそれに続いた。

　女子は松本先生の頭に、手を伸ばした。

「松本君」

　声なんか聞こえないはずなのに。

　触れてるのも分からないはずなのに。

　松本先生がくしゃくしゃの泣き顔で女子を仰《あお》ぎ、口を開いた。

「ごめん。ごめんよ。ずっと言えなかったんだ。お前のせいだと責められるのは分かってた。悪者になりたくなくて、全部隠して、知らないフリをし続けた。ごめ、ごめん、ごめん……なさい」

　松本先生は、何十年も前に手に入れて隠した、変色してしまった、しわくちゃの、古い古い、ラブレターを。

　白衣のポケットから、取り出した。

　震える両手で、大事に捧げ持つそれに、涙の粒がぽたぽた落ちた。

　——憑き物が、落ちた。

　クロは思う。

　女子は、涙声で謝り続ける松本先生へ、慈《いつく》しむような笑顔を向けた。

「なあんだ、もう、松本君が持ってたんだね」

心の底から嬉しそうに言って、ほっと胸を撫で下ろしたようだった。

クロを振り返ってきた彼女の顔は、明るかった。

もうそれは、妄念に憑かれたそれではない。

心残りが、昇華されたから。

「教えてくれてありがとう」

満足そうに微笑んで、松本先生に向き直る。

「迷惑をかけちゃいけないって思ってたの」

ふと、くしゃりと泣きそうに、歪んだ横顔が見えた。

「松本君のせいで落ちたって、思われちゃいけないって。だからあの手紙は、絶対、回収しなきゃって、誰にも見られるわけにはいかないって」

言葉の途中から、彼女の姿が不鮮明になっていく。

「松本君が持ってたなら、良かった。誰にも見られないように、早く、捨ててね」

それが最後の言葉。

彼女の体は、光の粒になって――消えた。


「これが、成仏……」

松本先生の、すすり泣く声が続く室内で、ぽつりと、紫音が呟いた。

床から立ち上がったクロが、振り返って答える。

「そうだよ」

「彼女は救われたのかな」

どうやらあまり満足していない様子で、紫音が言った。

「……彼女はもう、死んでいたんだ。ただ、ここにいる必要がなくなったから、消えた。それだけだ」

生きている人間の、自己満足なのかもしれない。

それでも、彼女はほっと胸を撫で下ろしていた。重たい荷物を下ろしたかのように、満足してから消えてくれた。

だからクロは、一歩踏み込んだことを後悔はしなかった。後悔したくなかった。紫音のためにも。

「何年も、何十年も、ずっとあんなふうに同じことをしていて。朝も昼も夜も、寒くたって暑くたって何一つ感じなくて。それが、幽霊？」

どうしてか、むきになったように言い募る、紫音の眼差しが突き刺さる。

覗く瞳に、悲哀の色が濃く見えた。

「だから、哀しい存在なんだよ」

紫音の横をすり抜けて、クロは準備室を後にした。

開けて、閉めた、ドアのガラス窓の向こうには、もう取り返しのつかない想いを胸に抱くようにしてうずくまり、延々謝罪の言葉を呟き続けている松本先生の姿が見えた。

時折、クロは分からなくなる。笑顔で消えていく幽霊と、残されて泣きながら生きていく人間、どちらが幸せなんだろう、と。

「紫音」

クロは彼女の名前を呼ぶ。

夕闇に落ちた薄暗い廊下に、紫音は立っている。確かにそこに存在している。

「お前の心残りを教えてくれ」

クロは改めて問う。

表情が変わらないように努め、紫音のまっすぐな眼差しを、正面から受け止める覚悟をする。

「……なんで？　クロはなんで私の心残りに拘《こだわ》るの？　さっさと私に成仏してほしいから？」

紫音がやはり、まっすぐ、挑むようにクロを見つめてきた。

クロは視線を逸らさない。

「俺は、どうしてもお前の心残りを知らなきゃいけないんだ」

「だから、それはなんで？」

「──あれ、クロ。まだ学校にいたのか」

張り詰めた空気に、不意にその声が差し挟まれた。

クロも紫音も、その声には過敏に反応して、目を向ける。

登場したのは、志郎だった。いつもの笑顔で、教室の戸に手をかけて立っていた。

「いや……今日はもう帰るところ、だけど」

クロは、動揺で声が震えそうになりながら、なんとか場をやり過ごそうとする。

「俺も帰るとこ。昇降口まで一緒に行こう」

志郎はクロの表情に気付かず、廊下を歩き出した。クロも仕方なく、その後に続く。

後ろから紫音のついてくる気配もあるが、声を挟む気はないようだった。

幽霊としての自覚が出てきたのか、背後にそっと控えている。

「クロ。お前さ、最近いつも用事もないのに学校に居残ってるじゃん？」

先を歩く志郎が、振り返ることなく口を開いてきた。

なにげない口調だ。いつもの明るい雑談が待っているのだろうと、クロは予想した。

「紫音か？」

息が詰まった。

「え……」

志郎に、自分が霊感体質である、という事実を打ち明けたことはない。

だが、その質問はあまりにも核心を突きすぎていた。自分が紫音と一緒にいることがバレた？　そう予感した瞬間、体中の汗腺が一斉に開いたような気がした。

「……俺も、一緒なんだ。紫音との思い出にとらわれて、学校に居残って、紫音のことを探してる」

「あ、ああ」

そういう意味かと、妙にホッとしてしまっていた。けれど。

「もう、どこにも居るわけないのにな」

寂しげにぽつりと吐き出す志郎の声を聞くと、何も返せなくなってしまう。

後ろの紫音がどんな顔をしているかだなんて、想像したくもなかった。

妙な緊張感で息が詰まる。三人で過ごす時間が、今はあまりにも苦しい。

俺は紫音と話せる。志郎は話せない。

俺には紫音が見える。志郎は見えない。

後ろめたさが、足に絡みついて、一歩一歩が重くなっていく。

「志郎はさ、紫音とどうやって知り合ったんだ？」

これ以上の沈黙が息苦しくて、志郎に問いただしてみた。

「そういえば、そこまで詳しい話したことはなかったっけか」

大して面白くはないぞと苦笑で前置きをして。

志郎は、思い出を語り始めた。

◇◇◇

「帰って。あなたと遊ぶ気なんてない」

凍りつくような冷たい眼差し。全てを拒絶する言葉。

小学生になったばかりの志郎は、そんなものにさらされた経験などなかった、だから彼はどうしていいのか分からず、身動きも取れずにドアの前で立ちすくんでしまった。

紫音は、お隣に住んでいる、同じ年の、見とれるくらい可愛い女の子だった。

——難しい持病を抱えているらしいの。だから、外で遊ぶこともできないのよ。

——可哀想でしょう？　志郎、あなた同じ年なんだから、遊び相手になってやってよ。

自分の母親に、紫音の遊び相手になってやってくれと無責任に頼まれたから、しぶしぶ来たというのに。

紫音は、小さな子供部屋でぽつりと一人、座っていた。たくさんのぬいぐるみ、お人形に囲まれて、彼女自身がお人形みたいに見えた。

志郎は紫音を見て、心がない瞳だと思った。

幼い、おぼろげな記憶だ。

でもたった一つ確かだったのは、紫音は何もかもを諦めている女の子だったということ。

何故かは分からないけれど、志郎は無性に悔しくなってしまった。

ムキになって、毎日、紫音の家へ足を運ぶようになったのは、天邪鬼《あまのじゃく》的な気持ちだったのかもしれない。

そんなに嫌がるなら、絶対に仲良くなってやる、というような。

紫音は志郎が来ても、ちっとも嬉しそうな表情をしなかった。人形で遊んだり、絵本を読んだりして、志郎のことはまるで無視だった。自室には、普通の子供なら目を輝かすような玩具がたくさん溢れていた。

遊んでいる姿すら、事務的に見えた。

生きていながら、死んでいるような女の子だと思った。

「今日はぼくかえるね、しおんちゃん。また明日ね！」

「もう来ないでいいから。志郎」

毎日、そんな風に同じやり取りがあった。

それでも志郎が最後に声をかけた時だけ、名前を呼んでくれた。

志郎は名前を呼ばれるだけで、満足だった。

紫音は生きてる、俺が彼女の現実を繋いでるんだという、実感があった。

だから、志郎は決めた。

諦めさせたりしない。これからも、紫音のそばにずっといよう。

いつでも名前が呼べる位置にいよう、と。

◇◇◇

志郎の思い出話を聞くうちに、昇降口にたどりついていた。

「いつでも名前を呼べる位置……か」

クロが復唱すると、志郎は恥ずかしそうに笑う。

「だから俺はさ。ずっと紫音の心を、開いてやりたかったんだよ。心の奥では何がしたいのか、何を望んでるのか、聞いてみたかった。俺にできないなら、クロにならら……って」

え？　と背後から紫音の声が聞こえた。

クロも、思わず歩みを止める。

「でも結局、紫音がいなくなる最後の日まで、それをしてやれなかった」

志郎は、首を振って、それ以上の言葉を自分の中で終わらせてしまう。

寂しく笑い、「じゃあまた明日な」と、手を振って去っていった。

「あぁそっか。そういうこと」

背後から、儚く揺れる声。

たまらず振り向くと、紫音は優しげに笑おうとしているようで、でもどうしたって隠しきれない悲しみを目に湛えて、唇を噛んでいて、今にも何かが決壊しそうだった。

「やっと分かった。クロは、志郎に頼まれたんだね」

紫音は、震えてしまっている声を誤魔化すように、クロに背中を向ける。

「紫音」

「私はね」

何かを言う暇は与えられなかった。

「私は自分が幽霊だってことを、すぐに納得できたよ。……ずっと死ぬことを覚悟してたから。だからね、ごめんね。教えてあげたいところだけど、本当にこの世に未練なんてないの。自分が成仏しないでここにいる意味が、分からないくらい」

嘘だ、と言いたかった。

それぐらいは……志郎じゃなくたって、付き合いの短い自分にだって分かる。

それでも、紫音に再度問うことができない。

震えている紫音を見てしまうと、心臓がわしづかみにされたように痛かった。

唇に、声が乗らなかった。

もう夕陽は落ちてしまっている。野外は薄闇に覆われている。

「クロは幽霊が見えたから、志郎の代わりに私の願いを叶えてあげようってわけね」

紫音が振り返ってくる。

「クロの意思じゃないんだね」

微笑みを浮かべ、クロを見ている。

「残念。簡単に成仏なんてしてやらないわ」

軽く舌を出して、紫音は校舎の中に戻っていった。

クロはもうそれ以上何も言えず、追いかけられず、その場を後にした。


どう言えばいい？

どうすれば伝わる？

届かない想いは、闇に溶かされていく。

第二話　奏でるは、黄金の旋律

クロが紫音と再会する、一月ほど前――。


夏休みが明けた、最初の登校日。

クロは、朝の六時に学校にいた。幸い校門は開いていた。

いなくなった友人のことが、忘れられない。頭から離れてくれない。

それでもうずっとまともに眠れておらず、学校に来てしまっていた。

早く来すぎたせいで、周囲はまだ薄暗かった。

朝の空気は爽やかで、しかし、まだ空気中には、夏の名残りともいえる湿気が漂っている。呼吸をするのが重苦しく、歩くと肌に嫌な感覚がまとわりつく。

昇降口に向かい、校庭を横切った。

その時、ふと思い立ち、吸い寄せられるように、裏庭を目指すことにした。

何かの予感があったのかもしれない。

そして。


――桜の大木の下に立つ、志郎を見つけた。

「志郎……？」

目を見開いて、小走りに駆け寄った。

志郎も靴音に気付き、クロの方を見た。

「ああクロ、久しぶり。夏休みどうだった？　満喫できたか？」

「いや……」

少し走っただけなのに動悸《どうき》が速まって、言葉が詰まりがちになってしまう。

「そんなわけないよな。だって、この夏休みで、紫音がいなくなった」

「……」

「夏休み明けて、学園に来てさ。思い出の場所に来てみて。ああやっぱり紫音はもういないんだって、改めて思い知らされた。……今さら、バカだよな」

「志郎……」

クロは声を震わせた。目頭《めがしら》が熱くなった。

「ごめん。湿っぽくして」

志郎は苦笑で流そうとして。

けれど、失敗したようだった。

堪えきれない気持ちを、ぽつりと吐き出した。

「……俺さ、黙ってたけどさ。本人にも、一度も言えてなかったけど」

照れたように顔をほころばせて、今さら、そんなことを志郎は言う。

「ずっと紫音のこと、好きだったんだ」

そんなことなら、ずっと前から知っていた。

今さらだ。本当に今さらすぎた。

高校に入学してから、紫音にそっと寄り添う志郎を、たぶん、クロは他の誰より近くで見てきた。

だからクロには、志郎の想いが、痛いほどに分かる。

「もう、会えないのかな。もう一度だけでいいから、俺、紫音に会いたいんだ」

「……うん。そうだな」

同意の声を出すと、今までずっと堪え続けた涙が今さら溢れそうになって、クロは慌てて目を瞬《しばたた》いた。

それから二人で、風にざわめく葉桜を見上げた。

「紫音と過ごした時間は、一つも忘れてない」

志郎は、まるで過去を直接見ているかのように、思い出にとらわれた顔を上げる。

紫音の思い出を、ぽつりぽつりと、語り始めた。

「紫音のことを好きだと気付いた日のことは、よく覚えてる」

それは中学三年の夏、学校の帰り道でのこと――。

◇◇◇

「志郎、私ね、二年後の夏に手術することになった」

志郎の少し先を歩く紫音が、話のついでのように何気なく告げてきた。

幼少からしつこくつきまとった結果、ようやく志郎は紫音の中で唯一、『まともに会話してやってもいい人間』というポジションを得ていたのだ。

紫音は、そんな志郎のことを『唯一の犠牲者』だと表現していた。

その代わり、紫音は志郎以外の誰とも親しくなろうとはしない。

頑《かたく》なにそう決めこんでいるようだった。

「小さい頃から、ずっと言われてはきてたんだけど。これまでのちょっとしたやつじゃなくて、本格的に胸を開く大掛かりなやつ。多分長期入院になるし、手術後、病院から出られる保証もない」

紫音の背中が、振り返らずに語り続ける。

「だから別に、無理に高校に入らなくてもいいんだけど。高校入学は親が望んでるしね。私には将来があるって思ってるのか、それとも、せめてもの思い出を作って欲しいのか、聞けなかったけど」

その時、セーラー服の肩襟が、わずかに震えていたのを、志郎は見逃さなかった。

泣いているのかもしれないと、心配した。

「お別れまでのリミットが、とうとう来たかって感じ」

「お別れなんて言うなよ。手術が成功して、今よりもっと良くなる可能性だってあるじゃないか」

志郎は、遠くなっていく紫音の背中へ投げかけた。

大丈夫だと何度も告げた。

その言葉を虚しく感じてしまう自分自身を振り払うように。

かつて志郎は、紫音の心臓の限界は十代までだろうと聞いていた。だから紫音は、希望を抱いて手術するのではない。そうするしか道がないから手術する。

分かっていた。

それでも言わずにはいられなかった。

何度も声をかけていたら、紫音が立ち止まり、振り返ってくる。

「どうせ不良品みたいな体だから、もういっそ壊れた方がいいと思ってるの」

紫音は泣いていなかった。

その言葉に、息が止まるかと思った。

「疲れたの。もうこの世から、いなくなりたい」

雲の隙間から滲んだ夕陽が射し込む。

鮮やかな赤色を背景に、紫音は微笑んでいた。

その笑顔が綺麗だからこそ、すぐに壊れてしまいそうだ、と志郎は実感した。

ああ、俺は、置いていかれるんだな。

……そして、胸を締め付けてくる切なさの正体に気づいた。

恋。

そう俺は、もう後戻りができないくらい、紫音に恋をしている。

紫音は志郎を犠牲者だと言っていた。

志郎は、その時初めて、その言葉の意味が分かった気がした。

◇◇◇

「……はぁ」

昨晩は、夢見が悪かった。

あの日、紫音との過去を語ってくれた志郎の夢を見てしまった。もう一ヶ月近く経っているのに、一度夢に見ると、哀しい記憶が連鎖して脳裏をよぎってしまう。

しかし落ち込んでばかりもいられない。クロは、急ぎ、ダイニングで朝食を平らげようとしていた。

クロの傍らには、三姉妹の三女、黄が座っている。

「お兄ちゃん」

「なんだ」

「お兄ちゃんとしおちゃんってどういう関係？　付き合ってた？」

米が喉に詰まって、一気に目が覚めた。

激しくむせ返りながら、唐突な質問を投げかけてきた黄を凝視する。

結城黄は同じ星陵学園の、高等部一年生に在籍している。昨日屋上に呼び出され、黄に酷い目に遭《あ》わされた一幕を思い出した。

ムッとしつつ、口を開く。

「付き合ってない。ただの友達だ」

「なに怒ってんの？」

「……今の高校に入学して、俺は志郎と紫音と知り合って友達になった。それからなんとなく、いつも一緒に行動してただけだ」

「ふーん、ただの友達、ね」

黄がよこした感想はそんなものだった。

つまらなさそうに、目玉焼きを箸でいじっている。

「ただの友達のしおちゃんに、優しくしてあげてるんだ？」

「別に……優しくしてないだろ」

「一緒に心残りを探してやるって言ってたじゃん。幽霊に対してそんなに親切なお兄ちゃん、初めて見た」

「……」

クロは茶碗に残ったごはん粒を、黙って見つめる。

現在ダイニングテーブルについているのは、黄とクロの二人だけである。

陽が昇って間もない時刻、次女の緋色は既に朝食の準備を済ませ、洗濯物を干しに行っている。

長女の藍子はまだ自室で眠っている様子だった。

だらしなくも思えるが、家計を一手に支えているのは藍子だ。それだけでありがたい話なのだ。だから緋色は、自主的に家事の一手を引き受けてくれている。

昨日同様、クロは早く学校に向かうつもりだった。

そこで部活の朝練で早起きしている黄と、朝食時間が一緒になった。

紫音と一体どういう関係だったのか……なんて。

クロは、食卓に目を落として、黙考し続ける。

どこかで紫音のことを問われることは予想していた。

もちろん、紫音との関係は先ほど言ったそれだけではない。

たくさんの、口にできない想いがあった。

そしてそこには、『死』が絡んでいる。

だからこそ、ただの興味本位であろう黄に聞かれても、簡単に口にするつもりはない。

「お兄ちゃんは、しおちゃんのことが好きだった？　恋愛感情、これっぽっちもなかったわけ？」

今度は切り口を変えて、直球な質問をしてくる。

「……なんで、そんなこと聞くんだ」

心臓がどくんと跳ねたが、どうにか表情は平静を保てた。クロはじろりと、黄を睨みつける。

「だってその方が、面白いじゃん」

「……」

顔を強張《こわば》らせ、言葉を失っている間に、ダイニングに緋色が現れた。

規律正しく姿勢を伸ばした緋色が、黄の背後にゆらりと立った。その姉の存在に、黄の方はまだ気付いていない。

「ひょっとして、しろくんと三角関係とか……あだっ」

緋色が容赦《ようしゃ》なく、カバンで黄の後頭部をはたいた。

「くだらないこと話してないで早く食べなさい。本当にくだらない」

「うう、痛いよ……ひどいよひいちゃん！　殴んなくてもいいじゃん！」

黄は背後を振り向いて涙声で訴えるが、なじられる緋色の方は眉一つ動かさない。厳しい眼のまま、妹を見下ろしている。

「朝練に遅刻するんじゃないの？」

「あ！　そうだった！」

冷静な緋色に言われ、黄が騒々しい足音を立ててダイニングから姿を消した。

黄は星陵学園女子バスケ部に所属している。小柄な一年生にして、レギュラーに選ばれた期待のホープ。

スポーツに熱を上げている黄は、怠惰《たいだ》なクロにとって遠い存在だった。

クロは汚れた食器を、キッチンスペースに運ぶ。

「そういえば、藍子さんは？」

洗い物をしている緋色の背中に、何気なく問いかけてみた。

「さっき起こした。遅刻しちゃうってメソメソ泣いてた」

「……まぁ、いつものことか」

ため息混じりに呟いて、踵《きびす》を返す。

「クー」

そこで呼びかけられ、振り返る。

シンク前で水を流している緋色は、クロに背中を向けたままで、表情は見せない。

「黄の言ったこと」

「……ああ、気にしない」

「そう。なら別にいいの」

顔を合わせずとも、多くの言葉はいらなかった。クロはキッチンを出る。

階段を上り、自室に戻って机に置いたカバンを手に取る。

『だってその方が、面白いじゃん』

先の、黄の声が脳裏をかすめる。

緋色に気遣われてしまった。誰に対しても常に厳格な態度を変えない彼女ではあるが、本当は深い思いやりを持っている。それに気付かないほどクロは馬鹿ではない。

もちろん黄にしても、悪意はないのだろう。まだ無邪気な子供というだけだ。

クロは一度頭を振ってから、部屋のドアを開けた。

もし、『幽霊』に恋愛感情を抱いていたとしたら、それは。

「そうは思わないかな、黄は……」

それは、とても悲しい話じゃないかと、クロは思う。

学校に着いた。

　校門には、やはり昨日と同じように、笑顔の紫音が待っていた。

　クロは密かにほっと息をつく。昨日の気まずい雰囲気を引きずっていないようだった。


　紫音は登校する生徒たちをすり抜け、軽快な足取りで駆け寄ってきた。

「クロ、おはよ。待ってたんだ！　今日はね、すごいニュースがあるの！」

「なんだよ、心残りが何か分かったのか？」

　クロは周囲に悟られない程度の小声で応じる。そうしなければ、独り言を呟く怪し
い人物に見えてしまう。

　紫音は、クロの憂鬱など気にしていない様子で、飛び跳ねそうなほどはしゃいでい
る。頬は微かに紅潮して、弾んだ声をかけてくる。

「あのね！　昨日の夜ね、すごく素敵な人と会ったんだよ！」

「……素敵な人。へえ。そうか。ふうん」

　すたすたと歩いて到着した昇降口で、クロはシューズに履き替える。

　踊るような足取りでまとわりついてくる紫音を、ちらりと、横目で窺った。

　紫音の瞳は輝いていた。

これは愉快な話題ではないと直感し、紫音から逃げるように、さりげなく歩調を速める。紫音は当然のごとく、後にくっついてくる。

「その人はね、音楽室にいる、ピアノの君なの」

「ピアノの君？」

「その人、名前忘れちゃってたから、私が命名してあげたのよ」

「な、なるほど……？」

「自分の名前忘れるなんて、うっかりさんよね。でもこの学園で話の通じる幽霊に初めて会ったわ。同じ高校二年生ぐらいだと思う。そのへんにごろついている男子とは一線を画《かく》しているの。物腰が穏やかで、気品があって。それに、ピアノを弾く姿が、すっごく、すっごく素敵！」

「……」

クロは無言で、さらに足を速めた。

ちらほらと教室に向かう生徒たちを次々追い越していく。

「ピアノの君との出会いで素晴らしかったのは、それだけじゃなくって」

「なんだよ」

「私にとってもいいことを教えてくれたんだよ」

「……とってもいいこと？」

笑顔の紫音を不審げに一瞥《いちべつ》して、クロは猛スピードで到着した自分のクラスに、足を踏み入れ――。

「……はっ！」

クロ以外の誰にも聞こえない、紫音の声が突然上がって。

何かに蹴つまずいた足が、宙に浮く感覚がして。

「……ぐぅっ」

思い切り転倒した。顔面を強打した。

「おーい結城ー。朝っぱらから何こけてんだよー」

半笑いのクラスメイトの声が、遠く、聞こえる。

クロはよろよろと身体を起こし、痛む顔を押さえた。

一体何が起きた……？　と、わけが分からないまま、おそらく元凶の紫音の姿を探す。

「お、おいおい、クロ大丈夫か⁉」

うろたえた声を上げながら、駆け寄ってきたのは志郎だった。

心配げに見下ろしてくる志郎の横で、紫音は満足げな笑みを浮かべていた。

「ね？　すごいでしょ？」

得意げに言う紫音と、気をもむ志郎を交互に見上げる。

……まるで天使と悪魔の対比だな。

そんな感慨を抱きつつ、どうやら紫音が突き出してきた足に引っ掛かって転んだのだと理解する。

打ちつけた鼻の奥が痛み、つぅっと、鼻血が出てきてしまった。

「うわ！　クロ、保健室行こう！」

「だいじょうぶ、一人で行ってくる」

青ざめた顔で手を差し伸べてくる志郎を手で制し、クロはよろよろと立ち上がる。

「本当に、大丈夫か……？　何もないとこで、すごい転び方してたぞ」

「ウフフ。志郎にはそんな風に見えてたのね。私の仕業《しわざ》なのに」

どうやら紫音は、紫音のことを見向きもしない志郎に思うところがあるらしい。ねめつけるような瞳で、志郎に向けて言っている。

「どう？　幽霊の私にだって、こんなすごいことができるのよ？　侮《あなど》らないでくれる？」

一息、間を空けて。

「いつまでも、志郎に頼ってばっかりじゃないんだから。だから……さっさと、私を忘れて、前を向いて生きてくれればいいのに」

「……」

クロはうつむく。

紫音が、志郎に伝えたいことは分かった。

昨日、志郎に頼まれたことを告げてしまったから。やはり心に引っ掛かってしまっているのだろう。

反応してくれない志郎に話しかける時の紫音は、いつだって辛そうだ。

そんな顔を見せられると、幽霊の悪戯に膨れあがった怒りが、途端に萎《しぼ》んでいく。

切なくすれ違う二人を繋げるのは、霊感の強い自分になら容易《たやす》い。

容易いけれど――できない。

その気持ちは、三人で笑い合っていたあの頃から、変わっていないのかもしれない。

クロは、ずっと志郎が羨ましかった。

何故その立ち位置にいるのが自分ではないのかと、胸を痛めていた。

ぎゅっと唇を噛む。

「この痛みは罰なのかもな……」

今度こそ、本当の独り言をぽつりと吐き出した。

鼻をおさえていても血が溢れてきてしまっているので、これは本格的に保健室に行く必要があるだろう。

ホームルームが始まるより早く、保健室に行く羽目になった。

「折れてないから大丈夫。血が止まるまで、しばらく横になってなさい」

養護教諭にそう言われ、ティッシュを鼻に詰めるだけの簡単な治療を終えた。

クロは先生の指示に従って、ベッドに仰向《あおむ》けに転がった。

横には紫音が付き添っている。悪びれた様子は全くない。

保健室のベッドは仕切りカーテンで目隠しされているので、外の様子はよく分からないが、他のベッドで誰かが休んでいる気配はなかった。

他に用事があったのか、養護教諭も退出していく音が聞こえる。

好都合とばかりに、クロは紫音に話しかけた。

「ピアノの君が、お前に余計なことを吹き込んだってわけか」

「うん。ちょっと集中して、気合いを入れると現世に干渉できるよって。まぁがんばっても、ほんの一秒くらいしか無理みたいだけど。すっごい疲れるし」

「だからってなんで足を引っ掛ける必要がある？」

クロは横になったまま、視線だけで紫音を睨んだ。当然、鼻声である。

紫音はきょとんと目を丸くした。

「現世に干渉して驚かせる方法が、他に思いつかなかったから？」

「……まあ、いい。俺以外の人間に悪さはするなよ」

「そんなことしないもん。クロ、失礼だよ」

ムッと唇を曲げる紫音に、深いため息が漏れてしまった。

彷徨う幽霊がちょっとした悪さをする現場は、日常でもたまに見かけたりする。髪を引っ張ったり、音を出してみたり、それこそ足を引っ掛けたり。

だから紫音のしたことは、別段すごいことでもないのだ。

幽霊の悪戯は、大抵は悪意があるものではないし、現実世界にさほど影響は及ぼせない。

虫の知らせとか、嫌な予感とか、少しゾッとした心霊体験とか。

幽霊にできることなんて、所詮《しょせん》はそのレベルなのだ。

しかも悪意や妄念に囚《とら》われていない幽霊は、少しの現世への干渉で、激しく消耗する。幽霊なのに、疲れてしまうのだ。

紫音の目論見《もくろみ》も、志郎やクロに見せつけたかったというものだし、あまり責めるのも酷《こく》だろう。

「……ってちょっと待て。オイ、何をしているんだお前は」

物思いに耽《ふけ》っている間に、紫音がクロのベッドに乗ってきているのに気付いた。うろたえた声を上げてしまう。

よいしょと、軽いかけ声と共に、クロの腹の上に跨る紫音。涼しげな顔だ。

気配はともかく、幽霊の重みを感じることはない。しかしこの体勢には、さすがに動揺を隠せない。

高校生の男女が、他には誰もいない、静かな保健室のベッドで二人きり。

これは洒落にならないと頬を引きつらせつつ、クロは紫音を見上げた。

「フフ」

焦《じ》らすような速度で、ゆっくりと顔を近づけてくる紫音。

髪が、華奢な肩をさらりと滑り落ちてきた。

「なな、な、何をするつもりだよ」

「思いついたの。現世の、他の干渉方法」

クロの全身に冷や汗が滲む。身体は硬直していた。

紫音の、やけに潤んできらめく瞳が、至近距離でクロをじっと見つめてくる。

紫音とこんなに近付いたのは、初めてのことだ。

心臓が早鐘を打った。跳ね起きて逃げ出そうにも、紫音の眼差しに射竦《いすく》められて、指一本すら動かせない。まるで金縛りにあったかのように。

吐息ですら触れそうなほど近く。

保健室は、耳鳴りがしそうな静寂に支配されて。

そんな二人だけの空間に。

「はっ！」

雄々しい気合いが響き渡り、次の瞬間、渾身《こんしん》の平手打ちが飛んできた。

「……!?」

クロは声も出せずに、頬の痛みにのたうちまわった。

紫音が自分の上から退《ど》き、床に降り立つ。

「ふぅ。けっこう疲れるんだよね、コレ。立ちくらみがする」

「じゃあすんなよ！　この馬鹿！」

先ほどの色っぽい目つきはなんだったんだ。クロは大きくため息を吐《つ》いた。

「でも、すごいでしょう？　こんな素晴らしいことを教えてくれたピアノの君には、やっぱりお礼をしないと！」

「お礼……？」

ベッドの上で身を起こしたクロに、紫音が微笑みかけてきた。

嫌な予感がする。

「もちろん、クロに協力してもらうから」

「……俺に拒否権はないのかよ」

「ない」

きっぱり言い切られてしまい、クロはがっくりとうなだれた。

それでも、手招きをする紫音の姿に、素直にベッドから降りる。

あの三姉妹に付き合わされて染みついた、我が身の従順さに自分でも嫌気が差す。

しかし。

「会いに行こう、ピアノの君に」

無邪気に笑いかけてくる紫音につられて、口元が緩みそうになった。

慌てて視線を逸らし、顔を引き締める。

「音楽室にいるのか？　俺は見たことない気がするけど」

「会いにいくって約束したから、いてくれると思う。普段は、消えたり現れたりしてるみたい。夕方から夜にかけて、気付いたら音楽室にいることが多いって言ってた」

「ああ、その手のタイプの幽霊か」

幽霊はそれぞれに個性がある。

先日の焼却炉脇の幽霊のようにずっと同じ場所にい続けるタイプもいれば、たとえば紫音のようにずっと存在し続けて学園内を歩き回れる幽霊もいる。

ピアノの君は、どうやら限られた時間帯で、同じ場所に現れるらしい。他の時間は意識が眠りについたような状態で、現世から姿を消しているのだ。

紫音を伴い保健室を出たところで、一限目の始まりを報せるチャイムが鳴った。

クロは構わず、校舎三階の一番奥、音楽室へと向かう。

音楽の授業以外では、帰宅部のクロには全く縁のない場所だ。

廊下がしんと静まり返っているのをみるに、幸い授業は行われていないようだ。

クロは、音楽室のドアをがらりと開けた。

階段式の床は奥に向かうにつれて高くなり、穴の開いた防音壁に囲まれた、他の教室とは趣《おもむき》を異にする空間である。

無人だとばかり思っていたが、室内をぐるりと見回せば。

人が立っていた。

指揮台に模した教卓の横に据えられた、グランドピアノの前。

その人は待ち構えていたかのように、柔らかな微笑を二人に向けてきている。

それはもちろん、クロと紫音にしか姿が見えない、男子生徒の幽霊だ。

紫音の言葉通り、姿勢が良くて気品が漂っている。

やはり音楽の授業で目撃した覚えはなかったが、音楽室のピアノの前が、彼の定位置らしかった。

おそらく彼はグランドピアノを存在の依り代にしており、そこから動けない。現れては消える、儚い幽霊なのだろう。

「昨夜はどうも、紫音さん」

「こんにちは。約束通り、クロを連れてきたよ」

ピアノの君の優雅な挨拶に、紫音も軽く会釈で返す。

クロは憮然とした表情で、男子の幽霊に一歩近付いた。

「約束って、俺を初めから会わせる気だったんだな」

「僕が、紫音さんに頼んだんです。ごめんなさい。幽霊が見える人がいるなら、会ってみたいって」

「……俺に何か用か？」

普段より冷たい物言いになってしまっているのは否めない。

相手がどれだけ物腰が丁寧だろうと、自分の知らないところで、勝手に幽霊同士で仲間意識を芽生えさせているのを感じると、苦々しい感情が芽生えてしまう。

認めたくはなかったが、それが正直なところだった。

「クロはね、幽霊を成仏させるのがお仕事なの。だからピアノの君の望みも叶えてくれるはずだよ」

突然差し挟まれた紫音の言葉に、クロは耳を疑った。

強張る顔で紫音を見れば、可愛らしく首を傾げている。おそらく、昨日のことを根に持って、わざと言っている。

「ね？」

「ね、って言われてもな！」

「あの、紫音さん。僕は構わないんです。ただ幽霊が見える人に会ってみたかっただけだから。もうずいぶん長いこと幽霊をやっているし、今更成仏したいと思わないんです」

「まぁ私も成仏云々は重要じゃないと思うけど。でも、ピアノの君には望みがあるんでしょう？　クロだったら叶えてくれるから」

だからなんで決定事項になっているんだ。

心中で頭を抱えながら、ちらりとピアノの君を見る。

視線に気付き、彼はさりげない苦笑を投げかけてきた。同情されてしまったようだ。

「……望みってなんなんだよ」

叶える叶えないは別にして、とりあえず話を聞いてみることにした。

クロの問いに、ピアノの君は、ピアノに視線を下ろした。

蓋は開いていて、白と黒の鍵盤が並んでいる。

「部活が始まるくらいの時間帯になると、僕は、気付いたら毎日ここにいました。ピアノが、音楽が好きなんです」

「毎日って、どれくらいの期間？」

　クロが聞くと、ピアノの君は困ったように微笑んだ。

「ごめんなさい。僕はもう、ほとんど何も覚えてなくて」

「……そう、か。ここで部活やってるのってなんだっけ」

「オーケストラ部です」

「ああ、オケ部か」

「……僕はもう一度だけでいいから、ピアノが弾きたい。できたら、楽しそうに部活をしている彼らと一緒に、合奏がしたいんです」

　ぽつり、と。

　ピアノの君がその望みを口にした。

　先ほどは望みが叶わなくていいニュアンスで言っていたが、本当に、心の底から、彼はそれを望んでいるのだろう。

「きっとずっとずっと前に、僕は部活でピアノを弾いていて。でも何らかの事情で死んでしまったんでしょうね。なんで死んだのか、もう覚えていません」

　鍵盤に視線を落としたまま、彼は、ぽつりぽつりと言葉を続けた。

「でも……一度だけ。一度だけでいいんです。ただ僕は」

　音楽を、と、呟く声。

その寂しげな横顔に、彼の気持ちは切ないほどに伝わってくる。

悪い幽霊ではない。できることなら彼の望みを叶えてやりたい。そんな気分にさせられた。

「……事情は分かったけど。無理だな」

それでもクロは、言わなくてはいけなかった。

事実を淡々と告げる声に、ピアノの君と、紫音が、同時に顔を曇らせる。

「俺は確かに幽霊が見える。声も聞こえて、会話も可能だ。それに、夕方だったら幽霊に触れることだってできる。でも、だからって生きている人間と一緒に、合奏させてやれる方法は不可能……」

告げている途中から、クロの声が小さくなっていった。そのまま俯き、顎に手を添えて考え込む。

「可能かもしれないな」

「どっちなのよ」

紫音に素早く突っ込まれてしまった。

「……その望み、叶えてやれるかもしれない人間が、一人だけいる」

「クロ以外に？　誰？」

「……結城黄」

「クロの妹の、黄ちゃんが？」

クロは頷く。

「俺と同じで、夕方になると、強まった霊感で幽霊に特殊な干渉をすることができるんだ」

結城家の一族、全ての人間がそうなのかは知らない。けれど少なくとも、クロとクロの家族は特殊な能力を持っていた。

けれど言ってしまってから、激しい後悔の念に苛まれた。

「だったら黄ちゃんにお願いしに行こう！」

クロの後悔を振り払うように、紫音が勝手に宣言した。

「いや待て待て早まるな。大体今授業中だろ」

「じゃあ放課後だね！　やったねよかったね、ピアノの君！」

はしゃぐ紫音に、ピアノの君も微笑む。

もしかしたら、変に期待を持たせてしまったかもしれない。そう思うクロの心中は複雑だ。

正直なところ、黄には幽霊の成仏を手伝わせたくない。彼らには悪いが、言わなければよかったと思う。

「俺は教室に戻るからな。……アンタ、一応黄には聞いてみるけど、あんまり期待はしないでくれよ。悪いけどさ」

「はい、分かってます。僕みたいな、吹けば消えそうな幽霊のことを真剣に考えてくれただけで、もう充分です。本当にありがとう、クロ君」

嬉しそうな顔をして、丁寧に、ピアノの君は頭を下げた。

ため息を吐いて、その場を去ろうとしたクロの横で、紫音が何かを思い出したように足を止めた。

「あ、そうだ。ねえクロ、せっかくだし、ピアノの君の演奏を聴いて」

「……俺は別にいい」

紫音のうっとりとした表情に、クロは思わずムッと眉を顰《ひそ》めつつも立ち止まる。

「本当に素敵なんだから！」

「そんな、演奏だなんて……」

ピアノの君が、困った様子で頭を掻いている。

「そんなに素敵素敵言うなら、聴いてやるよ」

クロは憮然とした顔のまま腕を組んで、ピアノの君を挑戦的に見つめてしまう。

「……分かりました」

クロの態度を気にするでもなく、ピアノの君はふっと和《なご》やかに笑い、グランドピアノの前の椅子に腰掛けた。

鍵盤の上に、細い指をそっと置く。彼がそうするだけで、絵になる光景だった。

息詰まる一瞬の静寂の、その直後。


「……っ！　……うっ！　うう、あぁぁあ！　ああああ！」


彼は、今までの穏やかな表情を苦悶に歪ませて、両手を思い切り鍵盤に叩きつけていた。

幽霊が、簡単に鍵盤を沈ませられるわけがないのだ。

グランドピアノの鍵盤は、とても重たい。

何度も。何度も。何度も。何度も。

時折現世への干渉に成功して、かすれた不協和音が鳴る。それだけのことで彼の消耗は激しく、今にも意識を手離しそうなほど疲弊《ひへい》していた。

「……なんだよ、コレ。もうやめろよ」

クロは、思わず小さく呟いていた。

それでも、ピアノの君は演奏をやめない。鳴らない鍵盤を前にして、必死に、我を忘れて指を叩きつけ続けている。

どれだけの時間、こうして彼は過ごしてきたのだろうか。

演奏できない、音が鳴らない苦しみの中で、存在し続けてきたのだろうか。

「音が鳴るのよ。素敵でしょう？」

言葉を失っているクロへ、隣に立つ紫音が言ってくる。

幽霊にできることなんて、その程度なのだ。

そんなことはとうの昔に知っていたはずなのに。

紫音がどうして自分をここに連れてきたのか、今なら分かる。

そして、自分のつまらない嫉妬心が、恥ずかしくなった。


放課後。

紫音を連れてクロがやってきたのは、体育館だった。

館内では、部活をはじめた生徒たちが忙しなく走り回っていた。

ボールが跳ねて、各々の部の、部員たちの掛け声が響き、シューズが床の上を切り返す音が絶えない。館内は運動の熱気に満ちていた。

「運動部の様子って初めて見たけど、熱苦しいね」

「みんな一生懸命なのに、そんな感想かよ」

「気持ちが分からないもの。クロだってそうでしょう？」

「……まぁ、そうだけど」

クロも、紫音も、志郎も、当然のように帰宅部で、部活には打ち込みたくない考えだった。そういう面でも気が合ったのかもしれない。

紫音に関しては、一切運動をしているところを見たところがない。だから、怠惰なクロとはちょっと事情が違う気はするが。

「あーっ、お兄ちゃん！　どしたの珍しい、何かあったのー？」

体育館の入り口で、居心地悪く立ち尽くしていたクロに、黄が気付いたようだった。

バスケットボールを持ったまま、小走りに駆け寄ってくる。

「なあに？　お兄ちゃん、まさかの男子バスケ部入部希望？　歓迎歓迎！　お兄ちゃん背だけはあるから、入ってくれるとみんな喜ぶよ！」

「いや、俺はバスケをやりにきたわけじゃなくって」

切り出しづらい。言葉を濁して、視線を泳がせた。

黄はバスケ部のユニフォームを着て、小柄ゆえに大きく見えるボールを両腕に抱えていた。

「あのね。今日は黄ちゃんにお願いがあってきたの」

はっきりしないクロに業を煮やしたのか、紫音の方が話し始めた。

「お願い？　なんだろ？　私にできることならなんでも言って？」

黄は親しみに溢れた笑顔を向けてくる。

「そう、良かった。黄ちゃんにね、音楽室にいる、幽霊の成仏を手伝ってほしいの」

「……え？」

黄の顔から、満面の笑みがすっと消えた。

やはりやめておくべきだったかと、クロは再び激しい後悔に襲われた。

黄の表情の変化に気付いていないのか、紫音が続けた。

「彼の望みは、ピアノを弾くこと。オケ部の皆さんと合奏すること。それが叶えば成仏できると思う。黄ちゃんには、彼の成仏を手伝える能力があるって聞いたから、お願いしに来たの」

分かりやすく簡潔だ。クロが何か言わずとも、黄に全て伝わっただろう。

しばらくの間、黄は黙って俯いていた。

そして、顔を上げた黄は、紫音をまっすぐに見据えた。若干瞳が揺れている。

「いやだ」

きっぱりと、告げてきた。

予想はしていたけれど、やはり黄の意思は固い。クロはそっとため息を吐く。

「ど、どうして？」

断られるとは思っていなかった様子で、紫音は戸惑っている。

「いやなものはいやなんだもん。話はそれだけ？　じゃあ私、部活に戻るから」

バスケ部の顧問教師が、睨みをきかせてこちらを見ている。

黄は踵を返そうして。

「お願いします」

紫音のその言葉に、ピタリと、足を止めた。

「紫音？」

驚いたのはクロだった。

あの紫音が、深々と頭を下げている。

はじめて見る光景に、クロは唖然とする。

なんで、こんなにも？

それは、先日の焼却炉にいた幽霊を成仏させようとした時にも、感じたことだった。

自分の知っている紫音は、決して他人に干渉しようとしなかった。友人であるクロの家庭の事情さえ、ほとんど知らないくらいだ。

ましてやこんな風に、誰かのために一生懸命になるなんて。

腰を折って頭を下げる先輩の姿に、黄は気まずそうに横を向いた。

「そ、そんなことしたって、協力しないもん」

「じゃあどうすれば、協力してくれる？」

紫音は真剣で、誠実な眼差しだ。

居心地悪そうに黄は唸って、ボールを抱きしめた。

「黄ちゃんが協力してくれるなら、なんでもする。主にクロが」

「俺かよ！」

真顔の紫音の提案に、クロは激しく突っ込む。

「お兄ちゃんが家来に……でも、でも」

「黄、もういいから無理すんな」

苦しそうに呟く黄に、ついクロは口に出してしまった。自分の保身のためだけではなく、黄の気持ちをよく知っているからだ。

しばらく黙り込んだまま俯いていた黄は、顔を上げた。今度は挑戦的な眼差しで。

「……分かった。だったらゲームしよ？」

「ゲーム？」

黄の顔に笑みが戻る。

先とは一転、意地悪く目を輝かせた黄は、手に持っていたバスケットボールを、紫音に差し出した。

「このボールを、一度でもゴールに入れることができれば、しおちゃんの勝ち。しおちゃんに協力してあげる。でも部活中にできなかったら、しおちゃんの負け。協力しない」

「おいそんな無茶……」

「それくらいの意地悪、させてよ」

クロの方を見ないまま、黄が吐き捨てた。

そんな風に言われたら、それ以上責められなくなる。彼女に無茶な要求をしているのは、自分たちの方だ。

「うん。分かった」

頷く紫音が、差し出されたボールを受け取ろうと両手を前に出す。

「じゃあ、ゲーム開始だね」

黄は意地悪く笑みを浮かべたまま、ボールを持つ手を離した。

当然――ボールは、床へと落ちる。

紫音の手のひらをあっさりと通過して。

「部活しながら見てるから。頑張ってね」

言い捨てて、黄はバスケ部員たちの元へと戻っていった。

「紫音……」

紫音は両手を差し出した姿勢のまま立ち尽くしていたが、すぐに、落ちて床に転がったボールを追いかけた。

屈みこんで、手を伸ばす。拾えない。指はむなしく空を掻く。

それでも、何度も、何度も、同じ動作を繰り返す。

クロは紫音の背中を見つめた。

「やめとけ紫音。黄は無理だって解ってるから提案したんだ。他に方法を探そう」

いらいらした声で言い放ち、紫音のそばに歩み寄る。

腰を折り曲げた紫音は、その体勢のまま、クロの顔を振り仰いだ。

「ゲームに勝てばいいんだし。簡単なことでしょ？」

当たり前のように、自信満々の笑顔。クロはますます苛立《いらだ》った。

「無理だ。お前も知ってるだろ。ピアノの君のあの姿、見てきたじゃないか。実感だってあるだろ？　絶対に無理なんだよ」

「なんで無理だって決めつけるの？　幽霊には、可能性すら残されていないの？」

紫音の顔から笑みが消えた。

真剣な眼差しを向けられて、クロは束《つか》の間《ま》、凍りつく。

「幽霊が哀しい存在だから？」

「……」

まっすぐに背筋を伸ばした紫音が、絶句するクロと対峙《たいじ》した。

「ピアノの君の姿を見てきたって言ったよね。それでクロは、ああやっぱり幽霊は哀しい存在だなって思ったわけ？」

不意に、目の前の紫音の眼差しが、泣き出しそうに揺れた。

「昨晩、私はピアノの君の演奏を聴いて、本当に感動したの」

見つめる紫音の眼差しを介して。

――彼の想いが、クロへと流れ込んできた。

どうして？　ねえ、どうして？

目の前にピアノがあるのに。ずっとずっと、この場所に立っているのに。

どうして僕の指は、鍵盤に触れられないんだろう。

せめて一曲だけでいい。

それが無理なら、ただの一小節だけでいいから。

他には何もいらないから。お願いだから。お願いだから。

綺麗な音を奏《かな》でさせて。

僕に、弾かせて。

「何回も何回も鍵盤を叩いて、誰にも届かない祈りを、願いを、必死に叫んでた。もがいてた。あがいてた。ねえ、クロ。私には聴こえたんだよ？　かすれた音だった。不協和音だった。でも、届いたんだよ。彼の演奏に、心打たれたんだよ」

「そう、だな」

「幽霊に可能性がないなんて言わせない」

強い光を取り戻した紫音の眼差しに、クロはただ口を閉ざした。

「クロは役立たずなんだから、そのへんで見学でもしてなさい」

紫音が人差し指で、体育館の壁を指し示す。

「分かったよ」

そこまで固い意志ならば、気が済むまでやらせるしかない。

ため息混じりに答えたクロは、素直に壁際まで移動した。

そこにもたれかかり、紫音の背中を見守る。

「……幽霊になったから、かな」

ぽつりと。

紫音が漏らした呟きが、耳に届いた。背中は向けたままだ。

「私は、全部を諦めて生きてきた。何一つ、満足にできなかった。でも、ほら、もう諦めようがないでしょう？　嘘みたいに体が軽くなったしね。だから何もかもに抗《あらが》いたくなっちゃったのかも」

きっとそれが、紫音の本質だったのだろう。

ずっとできなかっただけ。

だから今、やるのだ。

紫音の強い意思が伝わってきて、彼女がずっと、抑えて生きてきたことを知る。

だったら自分は、全力で紫音のやりたいようにサポートしていこう。クロは改めて心に誓いを立てる。

もう一度屈んだ紫音が、指先を緊張させてボールに手を伸ばす。その一点に意識を集中させているのだろう。

細い両手で支えたボールが、ふわり、と。

浮いた。

「持てた……！」

声を上げた直後に、指を擦り抜けたボールが、床に落ちた。

てんてん、と、紫音の足元で虚しく跳ねた。

「ねぇほらクロ！　持てたじゃない！　絶対に無理なんかじゃないんだから！」

それでも紫音は嬉しそうに、クロに報告する。

「すごいでしょ？」

「ああ、すごいな」

心の底から言った。

どうしてか、涙が出そうだと思った。

幽霊になった紫音と再会して、一番救われているのは、自分なのかもしれない。

紫音は、やはり、クロの心を激しく揺さぶる存在だった。


ボールが宙に浮いて、落ちる。

体育館の片隅で、ボールが不審な動きを繰り返している。

部活中の生徒たちの目に触れないように、クロは上手く隠すような位置に立った。時には、自分がボールで遊んでいる風に見せかけたりもした。

壁に据えられた、大きな時計を見上げて驚く。

それほど、長く、辛抱強く、ひたすらに続けていた。

床に転がったボールに、よろよろした足取りで近づく。持ち上げる。一瞬浮く。すり抜ける。てんてんと跳ねる。拾いに行く。

紫音は息を切らし、延々と同じことを繰り返している。

時間が経過するにつれ、紫音の疲労の度合いがひどくなっているのは、傍目《はため》にも明らかだった。怨念に支配された悪霊ならともかく、紫音のような普通の幽霊は、強く何かを思って現世に干渉すると疲弊する。意識を消耗してしまうのだ。だから、ピアノの君も、紫音も、現世へ干渉すればするほど意識が薄れていく。このまま続ければ、気絶してしまうだろう。

それでも紫音はやめない。

決して諦めようとしない。

ボールを持ち上げて、落とす。持ち上げては落とす。

何度も、何度も、何度も。

ただそれだけの動作を繰り返す。もう声も出せない様子だった。動いているのが不思議なくらい、紫音の足取りはふらふらになっていた。

黄がこちらをちらちらと見ているのは、気付いていた。顧問教師に何回か叱責されていた。部活に集中できず、紫音を心配し、結局見守ってしまっているのだろう。

あるいは、自分が提案したゲームを後悔しているのかもしれない。幽霊をよく知っているからこそ、残酷な提案をしたというのは、本人もよく分かっているはずだ。

でも、それでもクロは。

やはり自分から、黄に無理矢理頼み込むことはできない。

二人の気持ちが分かりすぎるから、辛かった。

唐突に堪《たま》らなくなった。

「紫音、もうやめよう」

紫音の背中に声をかけた。

「これ以上の消耗は、お前にとっても危険だ。そりゃ手伝ってやりたいけどな。でも、もうこれ以上は……」

紫音はやめない。

クロの声もその姿すらも全てが意識の外にあるように、床のボールだけを強く見据えて、同じ動きを繰り返す。

胸の高さまで持ち上げることすら、一度だって叶わないのに。

何故か、見ていて腹の底が熱くなっていた。

「そんなにピアノの君を喜ばせたいのかよ」

思わず口をついて出たのは、そんな言葉だった。

先ほどつまらない嫉妬だと自分を恥じたはずなのに、完全に失言だ。慌てて口を押えたが、発してしまった言葉は取り消せない。

ボールを追う手をぴたりと止めた紫音が、クロの方に顔を向けた。

「喜ばせたいよ」

きっぱりと言い切った。

クロは、視線から逃れるように下を見た。

視界の端で、苦しげな顔をした紫音が近付いてくるのが見えた。

クロの前に立つ。

紫音が、不意に。

ふわりと、笑顔を浮かべた。

「だって、クロに、一瞬でも触れられる方法を教えてくれた人だから」

「……っ」

弾かれたように顔を上げ、クロは紫音を見つめた。

「紫音」

クロが声をかけようとした瞬間、紫音がよろめいた。

ゆっくりと倒れていく紫音の背中に、クロが咄嗟《とっさ》に腕を伸ばす。

羽根のように軽く受け止めた。

この時間帯だけは可能だから。

紫音の目は閉じていて、完全に意識を失っている様子だ。おそらく、クロに触れられていることにも気付いていないだろう。

「……バカ紫音。この時間だったら、何度だって触れるのに」

頑張りすぎて気絶してしまった紫音を見下ろし、ぽつりと呟いた。

「はいはい、見せつけてくれるねー」

唐突に差し挟まれた黄の声を聞いて、クロの肩がびくりと跳ねる。

黄は、いつの間にか制服に着替えている。クロに近付いてきて、わざとらしいくらいに勝ち誇った笑みを見せてきた。

「ゲームは私の勝ちみたいだね、お兄ちゃん」

「……ああ」

「しおちゃんって、想像以上に馬鹿なんだね。こんなゲーム真《ま》に受けて、意識失うまで頑張っちゃうなんて」

「ああ、大馬鹿だよな」

「馬鹿だけど……そういうの、嫌いじゃないんだ」

笑みを引っ込めて、しおちゃんはいい子だね、と、ぽつりと呟いた。

「黄。……どうしても、やっぱり、駄目か？」

「協力してあげる」

「え？　本当に？」

あっさりと承諾してくれた黄に驚いた。半信半疑で問いかけてしまう。

直後に気付く。バスケ部はまだ終わってない。

黄は部活を少し早めに上がらせてもらって、クロたちの元に来たのだろう。ここに来た時点で、協力してくれるつもりだったのだ。

きっと、たくさんの葛藤を経て。

「ずっと見てたからね。しおちゃんに悪いことしたって思ってる」

「……うん」

「それに、しばらくお兄ちゃんが家来になってくれるんでしょ？」

クロは、苦虫を噛み潰したような顔をした。

「……分かったよ」

「んじゃ行こ。オケ部だったよね。まだやってるかなー」

あきらめ顔で首を振ったクロが、まだ目を覚まさない紫音を背負う。

そうして三人は、体育館を出た。

校舎へと向かう途中、見上げた空は真っ赤に染まっていた。

にやつきながら、黄が、横を歩くクロを見上げてくる。

背中の紫音を意識してしまって、歩きがぎこちなくなっている。それを黄に笑われている。朝同様のからかう空気は腹が立つが、もう諦めた。

「やっぱりお兄ちゃん、しおちゃんのこと好きだったんでしょ」

「……違う」

「またまたー照れちゃって」

諦めたというか、開き直る気持ちになった。

クロは、前を見たままぶっきらぼうに言った。

「だったじゃなくて——俺は今でも、長谷川紫音が好きなんだよ」

どうしたって気持ちは変わらないし、認めざるをえないのだ。

親友が恋していた女の子に、自分も恋をしてしまったということを。

ぴたりと、黄の足が止まる。

クロは止まらず猛然とした足取りで進んでいく。

その場に停止していた黄が一拍遅れて。

「……わああぁぁーっ！」

黄色い声が、あー、あー、と、学び舎《や》の谷間にこだました。

クロはどんどん速度を上げて、黄を置き去りにしていく。

傾く夕陽に引き延ばされた、足元の影が伸びている。

「こっ、告白とかは？　もうしたの？　しおちゃんに好きだって言ったの？」

「もう言った。紫音は、俺の気持ちを知ってる」

「わー！　わー！　きゃー！　やっぱ三角関係なんじゃゃん！」

「うるさい」

興奮して騒ぐ黄を、振り返ったクロが睨む。

紫音の心残りを探しているのは、親友のためだけじゃない。

「まぁ、黄は、……喜ぶと思ったけどさ」

幽霊に恋するどうしようもない自分に。

黄は、とても嬉しそうな笑顔を向けてきていた。

「あったりまえじゃん！　だってさ、人を好きになるのって、すごく幸せなことでしょ？」


音楽室に着いたころ、クロに背負われた紫音が、ようやく意識を取り戻した。

「あれ？　なんで私、こんなところに来てるの？」

床に下ろされた紫音が、不思議そうな顔であたりを見回している。

そばに立っている黄の姿に気づいて、ますます不思議そうに首を傾げた。

「私、勝負に勝った……？」

「まぁ、ある意味では勝ったんだと思うよ？」

肩をすくめて言う。

紫音はよく分からないなりに納得したようで、フフンと得意げに鼻を鳴らして胸を張った。

「当然の結果ね」

「どうしてそこまで偉そうになれるんだ……」

クロたち一行に、訝《いぶか》しげな視線をちらちら投げかけるオケ部の面々は、すでに楽器の片づけに入っていた。

顧問の姿はすでにない。金管楽器の黄金色が、窓から射し込む夕日を映して、まぶしいほどにきらきら光っている。

ぐるりと首を巡らせた黄が、部長と思《おぼ》しき男子生徒へと小走りに近付いていく。その男子もやはり戸惑いの表情を浮かべていた。

「えっと、君、何か用……？」

「はい。ええっと、ちょっとお願いがあって来ました。みんなに片付けるの待ってもらえるように、言ってもらっていいですか？」

黄が笑顔で言うと、人の良さそうな部長男子は困惑しつつも頷いてくれる。

「みんなちょっと、片付けストップしてー」

手に持ったバイオリンの弓を振り上げて、部員たちに片付けを中断するよう声をあげる。

「ありがとうございます」

黄が頭を下げると、部長男子は改めて口を開く。

「でも、どういうつもりで君が片付けをやめさせたのか、意味が分からないんだけど……」

「部長さん、私、オケ部のみなさんと合奏がしたいんです。ピアノで」

「え、君が？」

「ダメですか？」

「それくらい、別にいいけど。曲に指定とかあるのかな」

「うーんと……今、オケ部が練習してる曲で、ピアノのパートがあるやつ。それで、いいのかな？」

言いながら黄は、横目にちらりとピアノの方を窺った。

もちろんそこにいる彼は、黄とクロ、そして紫音にしか見えていない。

彼は、目を細めて、微笑んでいた。

黄の言葉に応えるように、軽く頷く。

わけが分からないなりにも付き合ってくれる気になった、オケ部部長の号令の元、他のメンバーも演奏の準備を始めた。

各々、戸惑う顔を見合わせながら、がたがたと椅子を引いて席に着く。

部長から差し出された楽譜を受け取った黄は、オケ部のメンバーに向き直った。

「ありがとうございます。じゃあみなさん、いきなりですがよろしくお願いします」

ぴょこんと頭を下げる黄に、「おー」と、返答の声が上がった。

中には、楽器を掲げてやる気を見せてくれる者もいる。

唐突なセッションを了承してくれたオケ部の面々に、胸の中で手を合わせつつ、黄はピアノに近付く。

ピアノの前の幽霊が、心得たように会釈をしてきた。

「結城黄さん、ですね。よろしくお願いします」

それだけ言って、ピアノの君は、改めて深々と頭を下げた。

黄は頷き、譜面台に楽譜を置く。

「ん。じゃあ、始めよっか」

結城黄には、説明も懇願も必要ない。

紫音とクロは音楽室の壁際に移動して、黙ってたたずみ、黄の動向を見守っている。

部員の一人が起立して、オーボエを鳴らす。

その音を追うように、メンバーは各自の楽器を鳴らして音程を合わせる。バイオリンの席に着いた部長も、真剣な表情だ。

ゆるやかに響く音の中、黄は手を伸ばして、ピアノの君に触れた。

息を吸い、瞳を、閉じた。

それだけで。

すう、と、ピアノの君の姿が掻き消える。

黄の意識に溶け込んでいき、同一化したことを感じ取る。

一瞬戸惑ったピアノの君は、おそるおそる、自分の手のひらを見下ろした。それは女の子の小さな手のひらである。

「あ……」

紡《つむ》ぐ声も、幼げな女の子、黄のそれだ。

ピアノの君は、黄に憑依《ひょうい》し、その肉体の支配権を得ていた。

「黄ちゃんにならできるって、こういうこと……」

「そう。こういうことだ」

少し離れた位置で、紫音とクロが会話している。

ずっと膜が張っていたみたいだった感覚全てが、あまりに鮮やかすぎて眩暈《めまい》すらした。

ピアノの君は大きく深呼吸した。

そうしてから、グランドピアノの前に座る。

鍵盤にそっと指を置く。つめたい。

それだけで驚き、心が震えた。

心の準備はできた。オケ部の部長に目で合図を送ると、彼は頷いて楽器を構えた。

毎日聞いているから、完璧に覚えている。スコアなんて必要ないくらいだ。楽器を構えるオーケストラと、ピアノ。

永遠にも似た長い長い間、ずっと望んできた。

なんで僕はここにいるんだろうか。なんで、誰も応えてくれないんだろうか。

苦しくて悲鳴を上げ続けていた。顔を覆って、大声で泣き叫び続けた。それでも誰にも気付かれない。彼らは音楽室にやってきて、調べを奏で、彼に気付かず去っていく。

時間と共に薄れていく記憶、存在意義。

それでもただ、ただ、一度でいいから。

――僕は、音楽を奏でたい。

ただそれだけが、望みだった。

静寂に、ブレスが重なり、演奏が始まった。

担当できる生徒がいなかったため、初めて、完璧なかたちになったピアノ・コンチェルトである。

そして演奏しながらメンバーが驚くほどに、そのピアノの旋律は美しい。

少女の小さな手の短い指でも、動きは巧《たく》みで、タッチは繊細で滑らかだ。

急ごしらえの編成なのに、和音は誇らしく鳴り響く。

打鍵の音が、オーケストラに自然に吸い込まれて、膨れ上がらせて、溶け込んでいき、心を震わせる。

奇跡のようなハーモニーだった。

それは、これ以上ないほどに素晴らしい、音楽、だった。

ピアノの鍵盤を叩きながら、ため息が漏れた。

ようやく、ようやくだった。

本当に、もう、それだけで充分だった。

粛々《しゅくしゅく》と進む演奏の途中で。

鍵盤の上で踊っていた指が、ぴたりと止まった。

『ありがとう。紫音さん、クロ君、……黄さん』

聴衆に向かい、丁寧に一礼するような彼の声を聞いて。

「……、だ……いやだ、行かないで」

満足した彼が、心残りを昇華した彼が、ふわりと離れていく。

光の粒になって、宙に溶けていく存在を、黄は全身で感じ取る。

鍵盤に両手を置いたまま、虚空を見上げて喉を喘がせた。

覚悟はしていたつもりだった。けれど、やっぱり、幽霊が消えていく姿を見るのが辛い。悲しい。できることなら見たくなかった。
それが見知らぬ誰かでも。
どんなに満足そうであっても。
幸せな形であっても。
結城黄は、幽霊が成仏するところを見たくなかった。
「黄」
「行かないでよ、やだ、置いてかないで、ママ、パパぁ……」
いつしかそばにいたクロの、宥《なだ》めるような呼びかけにも、応えられない。
とめどなく溢れる涙に頬を濡らして、嗚咽《おえつ》を漏らす。
心臓が痛くて張り裂けてしまいそうで、制服の胸を両手で抑えた。
何度も何度も繰り返し見た、怖い夢が甦る。
どれだけ泣いても手を伸ばしても引き留められなかった、両親の、消えていく姿。
幽霊が見えてしまうわたしたちに突きつけられた、残酷な別離。
愛している大切な人たちを、二度も失い、どうしようもない心の傷だけが遺された。
……鍵盤の上に、ぱたり、ぱたりと、涙のしずくが落ちていく。

クロの心配をよそに、しばらく泣いた後の黄は、何事もなかったかのようにけろりとしていた。

今は、演奏を終えたオケ部の面々に取り囲まれて、是非に是非にと勧誘されている。無理もない。音楽の素養のないクロですら鳥肌が立つような、あまりにも見事な演奏だった。

「なんで？」

騒ぎを遠巻きに眺めていたら、横に立つ紫音が、クロに問いかけてきた。

「なんで黄ちゃんは、あんなに泣いたの？」

「黄は……幽霊を成仏させることを、良しとしてないから」

「クロとは反対意見ってことだね」

「ああ。死んでても構わない、ずっと一緒にいられるなら、って」

「それは……ご両親が関係してる？」

先ほどの、嗚咽混じりの黄の悲鳴を、紫音も聞いていたようだ。

結城家のきょうだいに残された、どうしようもない傷跡。それを一番根深く持っているのは、おそらく、まだ中学一年生だった黄だろう。

「黄の両親は、三年前の事故で亡くなった」

宙を見据えて、クロは淡々とした口調で言う。まるで自分の感情をできるだけ見ないフリをしているように。

　クロはさらに、淡々と続けた。

「……その後で、死んだ二人が、俺たちの前に現れた」

　両親は、遺《のこ》した我が子たちが心残りで、幽霊になってしまった。

　黄は、誰よりもそのことを喜んだ。

　幽霊でもいいの。

　幽霊でいいからずっと一緒にいて。

　どこにも行かないで。

　触れることもできないのに追いかけ回して。

　哀しそうな顔をする両親に、精一杯手を伸ばして。

　身体ならいくらでも貸せるから。だから、わたしたち家族はこれでいい。これで家族として成り立つんだと。

　失ってなどいないんだと、訴え続けた。

　それでも……両親はいつしか、成仏した。

　すがる黄の手を振り払って、そうしなければいけなかった。

「……私、すごくひどいこと、お願いしちゃった」

　落ち込んでしまったらしい紫音が、眉を下げて、情けない顔をする。

クロは肩をすくめた。

「最終的に無理矢理頼んだのは、俺だよ。全部知ってて、黄に頼んだんだ」

「でも、クロ」

「お腹空いたー！　お兄ちゃん帰ろっ！」

無邪気な声を上げながら、黄が駆け寄ってきた。

目はまだ赤いが、頬の涙の跡は完全に消え去っている。

「だな、帰るか」

正面に立った黄に、クロも頷く。

これ以上、何も語ることはない。

ピアノを弾きたかった幽霊は成仏し、クロと紫音と、黄の心の中にだけ残っている。

第三話
夕暮れの逢瀬

長谷川紫音は、幽霊生活をこの上なく満喫していた。

ただし夜は、昼に比べると少し苦手だ。

昼はあんなに校舎を賑わしている人々も、それぞれに帰る家がある。そうなると夜の校舎はまったく違う顔になる。

耳鳴りがしそうなほどに静かで、消火栓の赤いランプや、非常口の緑のランプだけが、煌々《こうこう》と点灯している薄暗い廊下は、とても不気味に感じられた。

何も映らない鏡の前を通るのも、存在を否定されているようで嫌だった。

睡眠のない幽霊の体にとって、それは長すぎる孤独だった。

ただ怖くはない。

幽霊になった以上、怖がることなどもう何もない。

病気の身体は置いてきた。

心臓の弱々しく不規則な鼓動がいつ終わるのか、もう怯える必要はない。

胸が痛くならない。

息が上がらない。

時間が無限にあるのだと思うと、心強い。

だから、長い夜も、些細《ささい》な寂しさや不安も、気にならない。

毎日が楽しく、今日も鼻歌まじりに深夜の学園探検に精を出していた。

ある日は、生物準備室で物珍しい薬品や標本を眺めて。
またある日は、職員室の机で、みんなの成績表を盗み見た。
そして、今日たどり着いたのは、二階の奥まったとある部屋。

――見ないで。

「え？」
何かが聞こえた気がして、足を止めていた。

お願い。開けないで。
のぞいては、いけないの。
のぞいたら、許さない。
許さないから――。

女性のすすり泣くような、微かな声だ。
それを耳にした紫音は、怪訝《けげん》そうに眉を顰めた。
紫音が足を止めた部屋の前から、聞こえてくるようだった。

「そこに誰かいるの？」

返事はない。すすり泣きは、先の見えない長い廊下に反響している。

不気味な現象だが、そこで紫音は退《しりぞ》かない。

「何を見ないでほしいのよ」

見ないでと言われたら、のぞきたくなるのが心情というもの。

「フフ。幽霊に通り抜けられない場所なんてないのよ？」

すすり泣きが聞こえてきた部屋のドアの前に立ち、得意げな顔にもなってみせて、ドアを突き抜けていこうとした。

「あれ……入れない？」

すすり泣きは続いている。

か細いそれは、あまりに哀しく、切ないものだった。

ともすれば、助けてあげたい、とすら思ってしまう。そんな声――。


翌日の早朝。

校門でクロを待っていた紫音の前に現れたのは、彼ではなかった。

「ちょっと、顔貸しなさい」

まだ少し生温《なまぬる》い秋風に髪をたなびかせる、真顔の結城緋色だった。

星陵学園三年生なので、立場的に紫音の先輩だ。

紫音は口をぽかんと開けて、どこか興奮した表情で頬を染めた。

「先輩に呼び出しをくらうなんて、これからイジメが始まるんですか？」

「ち、違うわよ。やっぱりアンタって可愛げない」

緋色は額に手を当て、これ見よがしにため息を吐いた。

「クーは、なんでこんなのが……とにかく、ついてきて」

緋色に誘導されて連れていかれた場所は、体育館の裏手だった。

体育館の方から朝練の賑やかな音が聞こえてくるが、裏手には誰の姿も見当たらない。

そこでふと緋色が立ち止まって、振り返ってきた。

「で。アンタ、クーのこと、正直にどう思ってるの？」

「ん？」

「クーに告白までされて、アンタの気持ちはどうなのって聞きたいの！」

「告、白……？」

紫音はぽかんと口を開けてしまった。

どうにもピンとこない様子だったが、面白そうな単語が出てきたことは理解できたらしい。紫音は、後ろ手を組んで前のめりになり、挑発的な眼差しで緋色を見上げる。

「クロが私に告白？　それ、いつの話です？　そんなに弟の色恋沙汰が気になりますす？」

今度は緋色が怯まされる番だった。

「い、いつなのか時期なんて知らないわ。でも黄から聞いたのよ！　クーが紫音に告白したって嬉しそうに！」

「全く覚えがありません。黄ちゃんの作り話ですよきっと」

簡単にそう結論づけて、紫音は晴れやかに笑った。

対面している緋色は、釈然としない様子だ。

「さすがに黄でも、そんな作り話するとは思えないけど……」

不機嫌そうに呟く緋色。と、自分の言葉で何かに気付いたかのように、急に顔を強張らせた。

「もしかして……こんなに早く？」

一人でぶつぶつと呟きを漏らしている。呼び出された紫音は蚊帳の外な気分になって、緋色に顔を近づけた。

「先輩、一体何が言いたいんでしょう？」

「だから、ハッキリ聞かせなさいよ！　クーのこと、どう思ってるの⁉」

「さっきから、クークーって、まるでヤキモチを妬《や》いている女の子みたいですね」

「なっ……」

軽く図星を突かれるところがあったのだろうか。

緋色は、びくりと身を引きながら赤面した。

「まぁ……確かに心配ですよね。お姉さんとして」

「……当たり前でしょ。姉、としてよ！」

言ってみると、緋色はバツが悪そうにぷいっと顔を逸らした。

幽霊が相手だとすれば、絶対に報《むく》われない恋だ。家族が心配するのは当然だろう。

それにしたっていきすぎた干渉にも感じるが。

しかし紫音には覚えがない。顎に指を添えて、しばらく考え込んでしまう。

「なんとも思ってないなら……これ以上アイツの気持ちを、ひっかき回さないで」

「緋色先輩には、関係ないと思いますけど？」

睨み据えてきた緋色の眼差しを、紫音は真っ向から受け止める。

恐ろしく厳しい眼をものともせず、悠然と笑ってみせる。

「でも、そうですね。緋色先輩がそんなにも私の気持ちを聞きたいのなら、交換条件に一つお願いしたいことがあるんです」

「お願い……？　何よ」

当初問い詰めたのは緋色であったはずなのだが、紫音がいつの間にか場の主導権を掌握している。さも当たり前のように。

「緋色先輩は、星陵学園の七不思議って知ってます？」

紫音は思わせぶりに、緋色の周囲をゆっくりと歩き出した。

「七不思議？　知らないわよ。そんなくだらないもの……」

緋色は家族に対して、そういった風説や噂の類《たぐい》は、あまり相手にしないよう言い含めている。とりわけ本人の緋色は、手本を見せるように厳しく情報を遮断してきた。

両親のことに限らず、これまでに何度も幽霊に関わり、そのたびに家族たちは深く傷ついてきた。緋色にとっては、それが許せない。既に死んだ連中に、自分の大切な家族が傷つけられてきたのだ。

だから結城緋色は、全ての幽霊が大嫌いだ。

「私も幽霊になるまでは、興味がありませんでした。七不思議って言っても、大体その学校学校で定番になってるのは一つ二つくらいみたいですね。私が噂で聞いたことあったものも、二つだけでしたから」

「でしょうね。どの学校でも大体同じような内容だってことは想像がつくわ」

呆れたように息を吐き、周囲を歩き回る紫音を睨む。

「何が言いたいの？　条件とやらをさっさと話しなさいよ」

「どうやら私、昨晩、その七不思議の一つを発見してしまったんです！」

恍惚《こうこつ》とも思える表情で、手を組み合わせた紫音が言い放った。

「星陵学園七不思議、その三……開かずの指導室」

「開かずの、指導室……」

「ええ。かつて指導室だった場所です。そこはずっと鍵がかけられたままの開かずの部屋で、夜な夜な女性教師のすすり泣きが聞こえてくるんです。見ないで。のぞいてはいけない。見ないで、見たら許さない、と」

「……幽霊から怪談話を聞かされるとは思ってなかったわ」

「見てみたくありません？」

おどろおどろしく語る途中から、好奇心に目を輝かせている紫音を目にして、大体の予想がついてしまった。

緋色はフンと、鼻を鳴らす。

「その怪異の謎を解き明かすのに、協力しろってこと？」

「はい。幽霊の私ですら、その指導室には、空気の壁のようなものに阻《はば》まれて入れませんでした。でも、霊感のある結城家の人が協力してくれたら、謎に迫れるかもって」

言葉の途中で、ふと紫音の視線が下に落ちる。

「その幽霊が、とても哀しい声に聞こえたんです。だから……」

「……」

紫音の本音が、その幽霊を助けてあげたいところにあるのが伝わってきた。

緋色は、冗談じゃないと、口にしようとした。

しかし、その気持ちを一旦留めた。

忠告したところで聞くような相手ではないのは、よく分かった。

それなら自分が紫音のそばについて本心を探り出し、さっさと弟から引き離すべきだ。

それに、開かずの指導室は、七不思議の噂を聞かずとも知っていた。

そこにいるのは、『本物』だ。

悪意を差し向けてくる類のものではないから放置していたが、危険性を孕《はら》んでいるのは確かで。

ここまで聞いて——放ってはおけない。

「分かった。今回だけは、協力してやるわよ」

緋色は、しぶしぶと頷いた。

今日は朝から、紫音の姿が見当たらない。

昨日までは、頼まなくても近くをうろついていたのに。

クロは内心で焦りながら、落ち着かない気分で昼休みを迎えていた。

少しでも、長く時間を共有したいのに。

自分の本音を苦々しく思いながら、深々とため息を吐き出す。

「あれ、クロ、今日は昼飯どうしたんだ？」

志郎に聞かれて、首を振って肩をすくめる。

「弁当が用意されてなかったんだ。手持ちもほとんどなかったから、これだけ」

机の上には、先ほど購買で急いで買ってきた五十円のパック牛乳のみだった。

「そりゃ……お気の毒様」

心底から、同情の声を上げられてしまった。お金がなく、且《か》つ食べ盛りの男子高校生にとって、一食抜かれるだけで厳しい状況になるのは、志郎もよく共感できたのだろう。

しかも朝食にもありつけていない。空腹は限界値を超えていた。

今日は、珍しく早朝から緋色の姿が見当たらなかったのだ。

緋色が一人いないだけで、結城家は上を下への大騒ぎになる。朝食もお昼の弁当も準備されておらず、藍子は寝坊し、黄は泣きながら学校に行く事態になった。

というわけで貴重なパック牛乳にストローを刺し、ゆっくりと飲むことにする。

そのタイミングで、開け放たれた教室の入り口から、紫音が入ってきたことに気付く。

音もなく、風のように入ってきた紫音に目を向ける者はいない。

それは志郎も同様だった。

「ん？　何見てるんだ、クロ？」

「……別に何も」

「たまーにお前、何もないとこ凝視してるよな。猫みたいだ」

「名前は犬っぽいけどな」

冗談で返すと、志郎が肩を揺らして笑った。

パック牛乳を吸いつつ、近付いてきた紫音を盗み見る。

紫音は、クロの横に立った。

「ごきげんよう、クロ、志郎」

何故かご機嫌な笑顔だった。いつも人をいじって楽しんでいる彼女が快活な笑顔を浮かべているとなれば、かえって嫌な予感しかない。

「ところでクロ。私に愛の告白をした経験はある？」

「ぶふっ！」

牛乳を噴いた。

「うわっ、なんだいきなりどうした！」

突然牛乳を噴き出したクロに、志郎が驚いている。

だが今はそれどころではない。動揺のあまり顔を拭くことすら忘れた。あまりに唐突すぎて、心臓が早鐘を打つのすら、それから数秒遅れてのことだった。

「どうなの？　したの？　告白」

構わず紫音に問い詰められて、クロは目を逸らした。

顔が熱い。

まさか、告白をした当の相手に事の真偽《しんぎ》を確かめられるとは、想像の範疇《はんちゅう》外である。

「そ、その話はまた後で……」

ぼそりと口の中で答えるしかなかった。

怪訝そうな顔の志郎が、目の前にいるのだ。この状況下で自分の気持ちを口にできるわけがない。

ちらりと紫音を窺えば、腰に手を当てて憮然とした表情だった。

「今答えて。私の命令が聞けないの？」

「……」

唐突に、追い詰められて為《な》す術《すべ》なく俯く。下しか見えないが、頬の辺りに、紫音の視線が痛い。心拍数がどんどん上がっている。

けれど、ずっとそうしているわけにもいかない。

決意を固めたクロが、顔を上げて答えようとした、その時。

「し——」

「クーちゃん！」

担任教師の藍子の声が、クロの返答を遮った。

クロの机に向けて両手をついて、身を乗り出す勢いで現れてくる。

驚きで身体がのけぞったが、気まずい空気がシャットアウトされたことには安堵した。

「な、なんだよ藍子さ」

「ごめんね、お腹空かせてるよね、本当にごめん、私のせいなの！」

眉を下げて平謝りする教師の姿に、教室内がざわめく。

注目を集める事態にクロの頬は更に熱くなっていく。これはこれとして地獄だ。

「な、何が藍子さんのせいなんですか？」

「昨日の夜ね、緋色ちゃんから、明日の朝は用事があるから、クーちゃんと黄ちゃんの朝と昼ごはんよろしくって頼まれてたの。それなのに、私……」

「ああ、思いっきり寝坊してましたね……」

そういう理由だったのかと納得し、同時に安心していた。

藍子の生活力のなさは常軌を逸している。彼女の作った朝食を食べ、弁当を持たされるより、何もない方がずっといい。酷い言い分ではあるが、実際の経験だから仕方がない。

「それで、急いで購買に走って準備してきたの。はいコレ！」

机の上にドサドサと置かれたのは、大量のスナック菓子やチョコレートだった。

「さっき黄ちゃんにも届けてきたから、安心してね！」

……いや、普通に現金渡されるのが一番ありがたかった……。

とはさすがに口に出して言えず、クロは反応に困って、志郎を見る。

志郎は無言で首を振ってきた。諦めろと、言外に伝えてくる。

「……ありがとうございます」

彼女はこれで喜んでもらえると、本気で信じているのだ。

やはり藍子の常識はズレているとしか思えない。黄はどんな反応をしたのだろうかと、気になった。

藍子が空いている椅子を引っ張ってきて、クロの横に座る。

「さ、じゃあ一緒に食べよっか」

「え、藍子さんもここで食べるんですか？」

「もしかして、嫌だった……？」

「そんなことは……」

「あと、藍子さんじゃなくて、学校では藍子先生だからね？」

「……」

「まあまあクロ。藍子先生、どうぞどうぞ。俺は歓迎しますよ」

「高嶺君はやっぱり分かってるね」

藍子と志郎は、さっぱりした性格同士、通じ合っているらしい。

クロは力が抜けていく感覚だったが、おそらく幽霊がそばにいる自分に、藍子なりに気を遣ってくれたのだろう。

紫音は藍子の登場から一歩控えていたが、顔が明らかに不機嫌になっている。

結局、クロは紫音に告白したのか、してないのか。

先ほどの質問が、有耶無耶《うやむや》になったままなのだ。

だが、お菓子をひろげての楽しいランチタイムの空気に、これ以上の追及は無理だと悟ったのだろう。

「ねえクロ」

「ん？」

「放課後、私とデートしない？」

かつてない爽やかな笑顔で、そんなことを言ってくる。

「え？」

リアクションが、一息遅れた。

きっと、藍子に邪魔されてそのまま退くのが癪《しゃく》で、せめてクロを動揺させたかったのだろう。

ただの負けず嫌いだ。分かってる。クロはそう自分に言い聞かせたが、デートという響きにどうしても鼓動がまた早鐘を打ち出し、紫音を見上げる表情は強張ってしまう。

「じゃあ、クロ。開かずの指導室の中で、待ってるから」

「開かずの指導室……？」

「そこで改めて、二人きりで話をしましょうか」

逆らえない空気を察知し、クロは頷いた。

藍子も紫音に目を向けた。全く邪気のない笑みを浮かべる。

「クロ、藍子先生。何見てるんですか？」

志郎が、クロと藍子の視線を何気なく追った。

そこには紫音が立っている。ただ、志郎には見えない。

彼は、釈然としない表情で首をひねった。

満面の笑みを浮かべていた紫音の顔から——すっと表情が消えた。

唇を噛んで、踵を返し、まるで逃げるように走り去る。

「しお——」

クロは思わず名前を呼びそうになって、踏みとどまった。目を伏せる。

やるせない思いがこみ上げた。今の志郎は紫音と会話することも、その存在に気付くことすらできない。

ずっと、そこに、すぐそばに立っていたのに。

「クーちゃん」

優しい声音《こわね》で名前を呼ばれて、クロは顔を上げた。

眼差しを細めて、藍子が柔らかく微笑んでいる。

名前を呼ばれただけなのに、ふっと胸のあたりが軽くなる。悔しいが、藍子は自分にとってそういう存在なのだと思い知らされる。

「そういや、開かずの指導室って、俺も聞いたことあるかも」

ふと、志郎が言ってきた。

意味は分からずとも、先ほどのクロの呟きを聞いていたらしい。

「この学園の、七不思議の一つらしいな。でも何でだ？　肝試し？」

指導室の場所は南館の二階、廊下突き当りに位置する部屋だったはずだ。

噂自体はそれとなく聞いたことがある。聞いたことがあるから、何かを見てしまわないようにその場所をあえて通らないようにしていた。関わらないための防衛手段として。

「確かその部屋は、使用禁止になってるはずだよ？」

藍子も知っているらしく、首を傾げつつ口を開いた。

「学校でも一度問題になったみたいで、聞いたことあるんだ。事情があって物置きになったんだって。でも鍵がどこかに消えて、詰め込んだ物が内側から引っ掛かっちゃってから、誰も開けようとしてなくてそのままになってる、って」

「じゃあ、中に入るのなんて無理じゃないか」

紫音の提案は無茶振りだったのかと、クロは呆れ顔になってしまう。

「なんだっけ……俺が聞いた七不思議の話だと、確か合図があれば部屋に入れるって話だったはず」

「へえ」

志郎が意外な情報を提供してくれた。クロや紫音と違って人当たりの良い彼は、他の生徒と雑談している姿をよく見かけた。その手の話も、その時に仕入れたものだろう。

藍子とクロの関心を集めたことに照れたのか、志郎が頰を掻く。

「確か……生徒と秘密の恋愛関係にあった、暗号が好きな女の先生がいて、その生徒との待ち合わせ場所が、その指導室だったんだ。でも関係がばれたことで、その先生は指導室で自殺した。でも生前、先生は生徒との間に自分たちだけの合図を決めてて、その合図をしてみせたら、先生の幽霊がドアを開けてくれるっていう……」

志郎は言い淀み、ためらう素振りを見せた。

「こんな話、真剣に聞かれると恥ずかしいんだけど」

「あ、悪ぃ……」

幽霊との待ち合わせ場所。秘密の関係。志郎の語る内容があまりに興味深くて、クロは思わず、身を乗り出して聞いてしまっていた。

「ともかく、俺は合図の内容までは知らないけど、好奇心でやってみる生徒も多いみたいだ。でも開いたって話は聞いたことないし、結局はただのよくある怪談話だと思う」

藍子は思うところがあるのか、人差し指を唇に当てている。

「あんまり言っちゃいけないかもしれないけど、禁断の愛は本当にあったことかも。私、赴任した時に教頭先生に注意されたもん。若い女性の先生が数年前、指導室で生徒と恋愛関係になって問題を起こしたことがあるから、絶対にそういうことがないようにって」

「じゃあやっぱり、女教師の霊が、指導室のドアを塞いでる……？」

クロが聞いてみると、藍子は首を振ってきた。

「それはないかな。だって、問題を起こした先生は懲戒解雇になったらしいし、今は普通に結婚して幸せに暮らしてるみたい。男子生徒も退学になったらしいけど、その時聞いた感じでは、就職したらしいよ。指導室で自殺なんてするはずないよ」

「藍子さん、詳しいんだな……」

「……えへへ」

にへらと笑われて誤魔化されてしまった。

おそらく、藍子は家族には内緒で、この件について少し調べたのだろう。

クロが指導室を意識していたように、藍子も指導室に対して同じような意識を抱えていたのだろう。もしそれが家族に危害を及ぼすものなのだとしたら――そう考えて、彼女なりにアンテナを張っていたのかもしれない。

「……でも、開かずの指導室が開かないのは事実なんだよな」

三人で首を捻《ひね》る事態になってしまった。

結局、ただの噂なのだろうか。

「もしかしてクロ、彼女でもできたのか？」

「は？」

突拍子もない志郎の発言に、クロは驚きを隠せずに凝視してしまう。

「いや、だってさ。怪談話ではあるけど、合図で入る秘密の逢瀬場所って、女子はそういうのってロマンチックとか、盛り上がるみたいで。そこで待ち合わせたら、二人は必ず結ばれるとかいう噂まで付随してるんだよ。ハハ、中に入れないのにな」

志郎は苦笑しているが、クロにとってはまたも動揺させられる事態だった。

紫音は知っていて、自分をそこに呼び出したのか？

デートという表現が、途端に現実味を帯びてきてしまう。

「そ、そんなわけないだろ」

志郎への否定の言葉が、どもってしまった。

「だよなあ。クロに彼女ができたとかあり得ないな、ハハハ」

「どういう意味だよ」

志郎の軽口に、ムッと顔を顰めてしまう。

「どういう意味って、言葉通りの意味だよ。だって俺たちは……まあ、いいか」

何かを言い淀んだ志郎に、クロも何かを察知してうつむく。

何もかもをはっきりとさせられないのは、今の関係が壊れるのが怖いからだ。

藍子はスナック菓子をつまみつつ、にこにこと二人を見ている。

「二人とも、かわいいねえ」

そんな風に簡単に片付けられて、クロも志郎もため息で返した。

終業のチャイムと同時に、緋色の元に紫音がやってきた。

まったく忌々《いまいま》しいことに、今日は一日紫音に付き合わされて、振り回される羽目になってしまった。自分が引き受けて招いた結果とはいえ、紫音という少女の内に秘めたエネルギーに辟易《へきえき》としてしまう。

七不思議の謎など、正直どうでもいいのに。

「緋色先輩、分かりましたよ！」

「……何がよ？」

「あの部屋に入るための合図です。今日は一日、学園中を巡り巡って、七不思議のことを噂してる子がいないか探し回りました。そしたら見事、女子トイレで雑談してる子たちから合図を盗み聞くことに成功したんです！」

「……ふぅん」

こんなどうでもいいことに、よくもそこまで目を輝かせられるものだ。緋色は呆れずにはいられない。

休み時間の度に、図書室のパソコンや資料閲覧室に連れまわされ、他の生徒たちからの情報収集までさせられた。

緋色は、協力を引き受けてしまったことを後悔していた。

紫音という少女は、どうやら人を顎でこき使うことに慣れ切っているようだ。

一日振り回された感想は——クロの趣味は悪すぎる。というものだった。

「さ、行きましょうか」

疲れ果てた緋色の様子などまるで構わず、紫音が目を細めて言ってくる。

「どこに行くのよ。もう協力はしたでしょ」

「指導室に入るためには、緋色先輩がいないと無理なんです。さ、ほら、早く」

言葉の途中にはもう入り口に向かっている。

謎の強制力に、緋色は諦めて大きく息を吐いた。

廊下を出て、軽い足取りで先を行く紫音の後についていく。

紫音は顔だけを振り向かせ、フフッと楽しそうに笑いかけてきた。

「すごく楽しいです」

「顔見てれば分かる。生き生きしてる。幽霊なのに」

輝くような笑顔の紫音に、緋色のほうが幽霊みたいな顔でげっそり漏らした。

「ずっと病気だったから」

さらりと言われた紫音の言葉に、緋色の足がピタリと止まった。

「はしゃいだり、騒いだり、危ないことしたり、……走るのだって、生きてる時はできなくて、ずっと諦めてたから、本当に今すごく楽しくて。まさか、幽霊になってからこんなことができるなんて思ってなかったんです」

「……」

緋色は紫音を見つめた。小さく笑って紫音が続ける。

「緋色先輩。私、幼馴染みがいたんです」

外で少しずつ傾いていく陽光が、廊下の窓ガラスを光らせている。

「昔から病気だったから、その幼馴染みには、ずっと迷惑ばかりかけていました。本当にたくさん。私がいなければ、きっと彼は普通の日常を送れたはずなのに。私のせいで」

「そんなこと」

「だから」

反射的に開いた口から飛び出しかけた声に、紫音の言葉が強く重なる。

口を噤《つぐ》んだ緋色に顔を向けて、紫音は言った。

「だから、私がクロのことを好きになるなんて、ありえないんです」

――私は誰かの迷惑になる存在だから、誰かに恋する資格なんて。

紫音の言いたいことは分かった。

痛いほどに伝わった。彼女は儚く、小さく笑う。今にも宙に消えてしまいそうに。

何もかも諦めているように。

一瞬、他の何もかも全てを忘れて、緋色はぐっと拳を握った。

「だって、そんなの、そんな——」

言いかけて、詰まる。

生きている者が、幽霊の彼女に、一体何を言えるのか。

きっと紫音は、朝の問いへの答えをくれたのだと思う。幽霊に肩入れする弟を心配する緋色を、少しでも安心させるために言ってくれたのかもしれない。

緋色にとって、理想的な回答のはずだった。

けれど、何故か敗北感にうちひしがれた。

胸が苦しくなって、何かを撤回したいという気持ちに駆られてしまった。

打ちのめされているうちに、件《くだん》の指導室の前に来ていた。朝から何度かこの指導室まで連れてこられていたので、もはや慣れた場所だ。

廊下の突き当りにあるものだから、人の通行はない。ドアからは、実際に瘴気が漂っているようで、それも関係しているのだろう。

星陵学園の中に、いくつかそういった『よくないもの』で空気が澱《よど》んでいる場所はあるが、それは何もこの学園が特別なわけではない。

どこにでも、そういう場所は存在する。

人が寄り付かない、無意識に避けてしまう、澱みを抱えているのは、この指導室も同じだった。

緋色には手に取るように分かる。怪談話が、本物の幽霊の仕業だということも。

「さ、緋色先輩、お願いします。合図のノックをしてください。普通の人なら無理かもしれないけど、きっと緋色先輩くらいの強い霊感の持ち主なら、合図も効果があると思うんです」

「……朝から何度も忠告したと思うけど、ここには入るべきじゃない。怨念がドアを塞いでいる。ここからじゃまだ悪意は感じないけれど、開けるな開けるなって訴えてきてるんだから、入ろうとしたら、何かに巻き込まれる可能性がある」

「でも、ここまで来て開けないなんて、面白くないでしょう?」

なるほど怖い物知らずとはこういうことかと、緋色は嘆息した。

そこまで意思が固いなら、開けてやってもいい。もしもの時に対処できる自信はあった。でも頼りにされるのは癪だし、関わるとどうなるか少しは思い知るべきだ。

だからあえて、緋色は突き放して言ってみせた。

「どうなったって知らないから」

指導室に向かう道中で、ノックの合図は教えてもらった。

その合図の意味も聞いた。全くくだらない合図だ。

半ばヤケクソになって、紫音の代わりにノックしてやった。


まずは一度ノック、一秒空けて二度、三秒空けて三度、一秒空けて最後に、一度。


「ありがとうございます」

紫音は丁寧に頭を下げてから、止める間もなく、ドアをすり抜けていった。

「ちょ……、紫音！」

壁とやらに、跳ね返されている様子はない。

合図の話が本当かは半信半疑だったが、どうやら本当に入れたらしい。

「勝手なことをして！」

緋色は慌ててドアを開けようとした。しかしスライド式のドアは、ビクともしない。

鍵がかかっているわけではなく、怨念によるものだということは、手触りで感じた。

予感はあったのだが、どうやらこの部屋の主は、一度に一人しか受け入れるつもりがないようだ。

緋色がドアを開ける前に、紫音が勝手に入っていってしまった。そのことで、物理的にドアを開けることができなくなってしまった。

紫音と今日一日調べて、このドアを塞いでいるのは、やはりあまりよくないものであることは知った。

紫音が、それに対してなんとかしたいと、懸命になっているのも。

何度も忠告したのが、どうやら逆効果になってしまったらしい。緋色に邪魔をされる前に、自分だけで立ち入ってしまったのだ。

緋色はチッと舌を打ち鳴らし、思い切りドアを蹴りつけた。

「この馬鹿！　アンタのことは認めてないけど、でも、危ない目に遭わせるわけにはいかないのよ！」

放課後になって、クロは開かずの指導室に向かっていた。

初めてこの場所に来たが、どうやら七不思議のスポットになるだけの瘴気は持ち合わせているようだ。目的地に近付くほどに嫌な寒気がしてくる。

合図で入る、秘密の逢瀬《おうせ》の場所。

その場所で待ち合わせた二人は、必ず結ばれる。

先ほど志郎から聞いた噂話のような、ロマンチックな雰囲気は欠片《かけら》も感じ取れない。それでも期待に鼓動を高鳴らせてしまう自分もいた。かわいらしい？　笑うがいいさ。男は単純なんだ。

クロは自身を嘲笑しつつ、人気のない廊下を歩く。

誰もいない廊下を一人で歩き、開かずのドアのことを考えていたら、ふと不安がよぎった。寒気のせいかもしれない。

紫音の心に、はたして自分は近付けているのだろうか。

開かないドアのように、紫音の心はずっと頑《かたく》なに閉ざされたままな気がして、自分のしていることが間違っている気がしてくる。

心中にふと芽生える不安を、クロは強く首を振って振り払った。

顔を上げたら、開かずの指導室はもう近い。そしてその部屋の前に、見覚えのある人物が立っていることに気付く。

「……緋色？」

「なんでアンタが来るのよ」

緋色がクロを強い瞳で睨みつけてくる。どうやらずいぶん不機嫌な様子だった。

「緋色こそ……」

驚いたのは、クロの方だった。

「俺、紫音とこの部屋の中で待ち合わせしてるんだけど」

「は？　待ち合わせ？　悪趣味すぎる」

緋色に吐き捨てられて、クロも苦笑してしまった。

「確かに……こんな澱《よど》んだ場所でデートもないよな」

デートの言葉に、ぴくりと緋色の眉が動いた。

「あの幽霊……紫音は中にいる」

「そうなのか？　じゃあ開けて中に」

「開かないのよ。しかもどうやら、こっちの音が届いてない。怨念が部屋の外から入ってくるものを、完全にシャットアウトしてる」

「……じゃあ、紫音、危ないじゃないか！」

クロは焦ってドアを拳で叩いた。

必死になってドアを開けようとしたが、腕力任せではどうにもなりそうにない。このドアは、もっと別種の力で閉ざされている。

「どうやって紫音は中に入ったんだよ！　このドアを塞いでるのは一体なんなんだっ？」

「私が合図してやったから、入れたのよ」

「緋色が？」

緋色が舌打ちで返してくる。

「私が合図をしたことで、壁みたいなものが薄れたんでしょうね。でもまさかすぐに飛び込んでいくとは思ってなかった。何回か合図を試してみたけど、紫音が中にいる限り、たぶんこの部屋は私たちを受け入れる気はない」

「じゃあどうすればいいんだよ！」

「……開けられるかもしれない、可能性はある」

緋色がぽつりと言ってきた。

廊下に差し込む、陽射しが赤い。

「この部屋を閉じているのは……おそらくだけど、この学校の、かつての女子生徒」

緋色の言葉に、クロは焦りを忘れて動きを止めた。

どうやら、緋色はクロよりも真相に迫っているらしい。

「この指導室は、昔、ある女教師と男子生徒の秘密の逢瀬の場所だった。昔といっても、そんなに大昔のことではないでしょうね。噂も合図も、割と正確な情報がひろまっていたから」

「それは……俺も聞いた」

「でもその関係は、密告によりバレた。教師は学校を追われ、男子生徒は退学処分になった。それだけのことで、表沙汰になったニュースでは死者は出ていないように思える」

緋色が、すぅ、と、長い指先をドアに当てた。

「でも、そのスキャンダルが発覚した数日後、自殺した女生徒がいたの。中で澱みを溜めているのは、その子の怨霊よ」

そして、ドアの向こうに強い眼差しを向ける。

「紫音は、彼女の心を救いたくて、会いにいったのよ。紫音が怨霊に、声を届けられたら、存在を揺さぶることができたら、あるいは……」

でもそれがとても難しいことだと知っている。相手はもう、後戻りができないくらい心が怨念にとらわれた存在である。怨霊は、人格なんてもうほとんど形成していないただの怨念の塊だ。

緋色が歯噛みし、クロは必死にドアへと体当たりを続けた。


紫音はようやくご待望の指導室に入って、肩透かしを食らった気分だった。

例えば、妖怪が住んでいそうなまがまがしい空間を期待していたのだが、そこはありふれた物置だった。特別に何か気になる不吉なものも見当たらない。

夜に聞こえたすすり泣きも、今は全く聞こえてこない。

「見るな見るなって言ってた割りに、大したことなかったわね」

肩をすくめて言った途端のことだった。

その挑発に呼応するかのように。

不意に、黒い人影が、空気のなかにぼんやりと浮かび始めた。

紫音には影がない。だから、人影がそこにあるのはありえない。

背丈は紫音とそう変わらない。だが人間の形とは、とても言いづらかった。人間の輪郭を形成しているだけのただの靄《もや》のようなソレは、紫音に悪意を風のようにぶつける。


――開けるなって、のぞくなって言ったのに。


地の底から響くような声と共に、靄のような霊は、紫音の首を締めあげた。

紫音は元々呼吸していない。だが、息ができない、と錯覚した。

怨霊に首を絞められて感じたのは、酸素が足りない感覚と、疲労を足して割ったような苦しさ。身体ではなく、精神が直接消耗させられていく。

怨霊ともなれば、他人を攻撃すらできるらしい。不測の事態だったが、紫音はそれでも不敵に笑ってみせた。

「好奇心に負けたのは、あなたの方じゃない……？」

紫音のまっすぐな眼差しは、揺るがない。

「今日一日、調べたの。あなた、自殺したんでしょう？　先生と男子生徒の関係を見てしまって、密告した、その後に。好きだったのは先生の方ね？　こんなになっても先生の決めた合図にこだわってるなんて」

首を絞められている状況下で、息も切れ切れに紫音は紡《つむ》ぐ。

「あなた、よっぽど先生に憧れてたの？　大好きな先生がここで違う男といちゃいちゃしてて、失恋のショックで自殺した、といったところかしら。この場所は、あなたと先生にとって、素敵な思い出の場所だったのにとでも、思っていたのかしら」

嘲笑まじりに紫音は続ける。

「そんなのバカみたい」

いつしか、ぐっと拳を握っていた。

「だからあなたの聖域を暴いてやったわ」

少女の怨念の恨みつらみが、悲鳴が、絶叫になって流れ込んでくる。紫音ごと呑み込んでしまいそうな、思念の渦だった。

——許さない許さない許さない！

この首を絞められた苦しみは、彼女がずっと感じている苦しみなのだろう。

「何故そんなにも怒ってるの？　何を憎んでるの？　誰のことを許さないの？」

紫音は絶え絶えの意識の中で思った。許さない許さないと、同じ言葉を繰り返しながら、怒り、恨み、それらが直接、心に叩きつけられてくる。

それでも紫音は折れなかった。

ぐっと唇を噛み、前を見据えた。

何一つ見逃すまいと、その瞳を彼女から逸らさずにいた。

そして彼女の記憶のようなものが、本当に微かに、なだれ込んでくる大量の思念の渦の中で、ちらりと垣間見えた。

——ここは本当に本当に大切な場所。

指導室で、先生と一緒に秘密の合図を決めた。

先生は、私のアイディアを、面白い子ねと笑ってくれた。

嬉しかった。

私と先生は絆で結ばれている。

私には先生しかいない。他に何もいらない。

それなのに、見てしまった。

私たちの合図を使っている男子生徒。彼が指導室に入っていたのを見てしまった。

どうして。それは私たちの合図。

だから、先生は壊れたんだ。だから開けちゃダメなんだ。


それは、激しく荒れ狂う恨みの中で、微かに聞こえた悲痛な声。

——開けたら。私が開けてしまったから、先生は私を許さなかった——！


紫音は、きっと目を開いた。

「許してないのは、自分自身なんでしょう!?」

耳を塞ぎたくなるほどの怨霊の絶叫に重ねて、紫音は叫んだ。

「のぞいた自分が許せなかったから、自殺したんでしょう!?　いい加減に、自分のことを、許してあげなさいよ……！」

自分と重なった。

だから紫音は、どうしても伝えたかった。

「何も死ぬことなんて、ないじゃない……っ」

最初は、好奇心で開かずの指導室を調べ始めた。調べていくうちに、このドアを塞いでいる彼女の悲痛な想いに気付いてしまった。

だって彼女は、ずっと泣いていた。

黙っていられなくなった。相手が怨霊だろうと関係ない。伝えられるのは自分しかいないと思った。だから緋色の制止も聞かずに、紫音は一人で中に入った。

それに、危なくなったら。

きっと、クロなら気付いてくれる。

バン――と、割れたような大きな音がした。

そのドアを開け放ったのは、クロではなかった。

両足をひろげて、ドアの前に立つ少女は、緋色だった。

「怨霊を説得しようなんて、アンタどうかしてる」

「緋色先ぱ……」

「紫音！」

緋色の横から、クロも指導室の中に飛び込んできた。

首を絞められている紫音に気付き、大慌てで駆け寄ってこようとした。

だが、そんな彼の前に、緋色が腕を差し出して制する。

「クーは下がってなさい。こういうのは、私がやるから」

「緋色……」

クロは歯噛みして、躊躇いがちに、踏みとどまった。

緋色の目は、ずっとまっすぐに紫音と怨霊に向けられている。

「私は幽霊が大嫌い。話し合って、願い事を叶えて、それで成仏に導く？　もう死んでる相手に、なんでそんなことをしてあげる必要があるの？　甘えないで」

緋色が一歩一歩、近付いてくる。毅然《きぜん》とした表情で、凛とした姿勢で。

「私は生きている人間が、何より大切なのよ」

どこまでも正論だった。その芯は絶対に折れることがない力強さを感じた。

そして紫音にとって、痛みを伴う言葉だった。

畳まれた段ボールがいくつも折り重ねられて、窓は塞がってしまっている。けれどきっと、夕暮れなのだろう。

緋色が手を伸ばし、怨霊に触れた。

「もう楽になりなさい」

ため息の後、触れて、そう声をかけただけで。

怨霊は悲鳴も悲哀も笑顔もなく、ただ空間に溶けていった。

残滓《ざんし》のような微かな光の粒だけが、埃のように舞って、やがて見えなくなる。

紫音は、ぺたりとその場に膝をつく。

「一体、何が……？」

「私は夕刻なら、触れただけで、怨霊に死を与えることができるの。俗にお祓いとも言うわね」

確かに、触れただけであっさりと消えた。

緋色を見上げて、紫音はぽかんと口を開けてしまっていた。

「あまりに強い怨念や、魂の集合体になると、ただ触れるだけじゃ消せないから厄介《やっかい》だけど、さっきの子は……」

緋色は忌々しそうに、チッと舌を打ち鳴らした。

「アンタの声で、大分存在自体が揺れてた。だからここを開けることができたのよ」

「私の……？」

「……届いてたってことで、いいんじゃない」

もう自分を許してあげなさいと、心から伝えた。

死んだ後も、自分を許さずに苦しみ続けている彼女が、見ていられなかった。

その声が届いていたのなら良いと、解放されたのなら良いと、紫音は満足して立ち上がった。

「もう、バカなことしようと思わないで。今回のは悪意を外に向けるタイプの怨霊じゃなかったから、そこまで危険はなかったけど。本当に危ないのもいるのよ。いちいちこんなことになったら面倒」

「……ありがとうございました」

紫音は多くを語らなかった。

「本当にありがとうございました」

ただ、滅多に言いそうにないお礼を、今日は何度も緋色に伝えている。

今日一日、幽霊の紫音に付き合ったのも、怨霊を強制的に成仏させてやったのも。

結局は、緋色のお人好しなのだ。

礼を言われた緋色の横顔が、少し朱に染まって見えた。

「もう二度と、協力なんてしないから」

捨てゼリフを残して、退室した。

「緋色先輩って、カワイイお姉さんだよね」

「あー……。うん。だな」

苦笑する紫音が言えば、突っ立っているクロが頭を掻いた。

「役立たず」

「……本当にな。俺は合図でドアを開けただけだった。紫音が怨霊の存在を揺さぶったお陰で、やっと合図が効いて無理矢理こじ開けられた感じだったし」

クロはがっくりと肩を落とした。

開かずの指導室の件に関して、クロは、何一つ役に立てていない。

紫音は笑いを噛み殺し、落ち込むクロの前に立つ。

「ねえクロ。私、待ってたよ」

「……え？」

クロは一瞬、意味が分からないといったように顔を曇らせていたが、すぐに思い出したように目を丸くした。

「待ち合わせ、か」

「デートの続きをしよう？」

この場所はあまりに哀しすぎるからと、口の中で呟いて。

紫音は、指導室を出た。


二人でやってきたのは、屋上だった。

「デートって言っても、紫音は学園内しかまわれないしな……」

「まあね。でも、こういうのも楽しいでしょう?」

「……見廻りの先生が来ないといいけど」

校舎内でせいぜい面白いのは、いつもは行かない専門科の教室か。ロマンチックな雰囲気があるとすれば、屋上くらいだろう。

見廻り巡回の先生の目を盗んで、校内を紫音と走り回るのは、確かに楽しかった。

暗黙の了承で、紫音とクロは、最後に屋上へと足を運んだ。

秋風が屋上に吹き抜けた。

今は華《はな》やかなそれも、しばらくすれば、身を切るような木枯らしになる。

もっとも、今の紫音はその気温や風を感じることはできないのだが。

陽が落ちかけて、鮮やかなグラデーションになっている空に、星が瞬きはじめている。

綺麗な一番星にかざすように、紫音は空に向けて手を伸ばした。

そこで、ハッと顔を強張らせて、腕を下ろした。

しばし二人は黙り込み、やがてクロが、ぽつりと言った。

「あの指導室を開ける合図だけど」

「うん」

「緋色に聞いたんだけど、モールス信号、なんだよな？」

「少しひねりは加えているけど、基本はそうみたいね」

「合図の意味も、緋色がすっごい嫌そうな顔で教えてくれた」

「フフ、緋色先輩ってやっぱりお人好し」

「その合図をやる時、ちょっと恥ずかしかった。中に紫音がいたから」

「……愛の告白だものね」

ぽつりと、口にした。

「……愛の」

大した意味はない。ただ紫音は、もう一度だけ繰り返した。

まずは一度ノック、一秒空けて二度、三秒空けて三度、一秒空けて最後に、一度。

それはあなたを愛していると、伝える合図。

その場所で待ち合わせた二人が結ばれるという噂も、合図の意味も、最初から知っていたわけじゃない。

でも、首を絞められた時に紫音が待っていたのは、合図を送ってドアを開けてほしいと願った相手は、確かにクロのことだった。

紫音に向き直ったクロが、はにかんで笑う。

紫音も所在なさげにうつむいてから、笑顔に応えるように口の端を上げる。

でも、上手く笑えた自信はなかった。

「……あのさ」

「なに？」

ふと真顔になったクロが、紫音をじっと見た。

紫音もクロをじっと見つめた。

「俺、お前に告白、したんだ。夏休み前の放課後」

「……そう」

「それで、見事にフラれたんだよ」

知らない事実を丁寧に教えてくれるみたいに、深刻な表情で、クロがそう言った。

「……そう」

紫音は、ぽつりと返すことしかできなかった。

——覚えていない。


そんな大事なことを、自分は全く覚えていないのだ。たくさん、たくさん。

その他にも抜け落ちていることがたくさんある。

何故、今まで気がつかなかったのだろう。幾人もの幽霊を目にしてきたのに。その誰も彼もが、ピースが抜け落ちたみたいに、多くのことを忘れていたのに。


——幽霊は、多くの記憶を失っている。


紫音は自分の手のひらを無意識に見下ろし、息を呑んで、それを背後に隠した。

今までは実態があるかのようにはっきりと見えていた自身の手のひらが、透き通っていた。

瞬く一番星が、手のひらを透過して見えた時に分かった。

今も、透き通った手のひらの向こうに、ざらつくコンクリートの床が見えてしまっていた。

気付いてしまった。

体という拠り所を失い、やがて、取り残された意識は風化する。
幽霊とは、全てを失っていく存在なのだ、と。
今、この瞬間も、きっと。

第四話 空の下で駆け回ることを

カレンダーが十月に突入してから、空気が急に変化した。

湿った熱気をはらんでいた風が、いつしかひんやり肌寒い。

そんな朝早くから、クロは一人で学園中を歩き回っていた。

……いない。

今日も、朝から紫音の姿が見当たらない。

うかつだったのだ。昨日、紫音の様子は明らかにおかしかった。自分が気持ちに任せて言ったことが、紫音に影響を与えていないだろうかと、家に帰ってから不安で仕方がなかった。

紫音は、明らかにクロが告白した事実を覚えていなかったのだから。

クロは必死に、紫音の姿を探し歩いた。

「……紫音」

あえて考えないようにしてきた、考えたくなかった可能性が脳裏によぎって、彼女の名前を無意識に呼んでいた。

紫音と一緒に過ごし、数日をこの学園で共有した。

幽霊になれば、彼女の本心を聞けるのでないかと思っていた。

紫音の心を開くことが、クロの目的で――志郎の願いだった。

しかし紫音は、幽霊となってさえ変わらない。大きな瞳を悪戯な猫のように細めて、のらりくらりと本音を隠している。

焦りばかりが先走っていた。

それでも、人の心を無理矢理に暴くことはできない。

あちこち歩き回っても、紫音は見つからない。足を止めることはないが、しかし、クロの視線は徐々に下がっていく。

間違っていたのだろうか。

残されているであろう時間も鑑《かんが》みれば、なりふり構わず昼夜問わずにずっと一緒にいるべきだったんじゃないのか。

下校時刻になってクロが家に帰れば、紫音は学校に一人きりなのだ。堪らない。

もっと話がしたかった。紫音の顔を見たかった。声が聞きたい。

クロの恋する幽霊が、見つからない。

「どこにいるんだよ」

広大な校舎の外壁に沿って歩いて、あの焼却炉の前も通り越す。

そうして、桜の大木の前に来た。

志郎と、紫音と、クロの思い出の場所。今の時期に花は咲いていないし、悠々と伸びる枝葉はネットに覆われて、その上に厳重にテープが巻かれている。

……その桜の木の下に、人がいた。

子どもの幽霊だった。小学校低学年くらいの男の子に見える。

彼は、ささくれ立った幹に小さな手のひらを当てて、微動だにせず大木を見つめていた。

「どうかしたのか？　もしかして、迷子か？」

この桜の木の周辺で、今まで子どもの幽霊を見たことはない。

幼い幽霊は、柔軟性があるあまりによく迷子になる。彼もまた、迷子の幽霊なのではないかと思った。

そして柔軟性がある分、ほとんどの幼い幽霊が依り代を必要としない。どこにも縛られずに、浮遊霊として自由に彷徨い歩き続けるのだ。

返事を期待せずに話しかけると、振り返った少年が目を丸くした。

「えっ、お兄ちゃん、ぼくが見えるの？　ぼく、幽霊だよ？」

あどけなく驚いた少年に、クロは黙って頷いた。

「すごい！」

素直に感動されてしまい、なんとなく恥ずかしくなって頬を掻く。

「別にすごくないだろ。ただの体質だしな」

「だってお兄ちゃん、生きてるよね？　ぼく、ずっとだれとも話してなくて、たまにだれかに会えて話しかけても、ぜんぜん聞こえないみたいで、それで……」

さみしかった、と。

最後まで言葉にできず、少年は不意に泣きべそをかいた。

子どもの幽霊は、迷子の幽霊の姿は、あまりにかわいそうだ。

それが、無邪気で、素直で、純粋であればあるほどに。

できたら、自分の家に、知っている場所に帰してやりたい。いつだって目に映る迷子の幽霊を見るたびそう思ってきたが、それがとても難しいことなのも知っている。

子どもの幽霊はあまりに自由すぎて、ほとんど自身の情報を持ち得ていない。どこから来たのか、いつの時代なのか、出生や家族、何一つ分からない場合がほとんどだ。

自分にできることなど、所詮《しょせん》限られている。

しかしクロは、少年に問いかけていた。

「お前、家がどこか分かるか?」

幽霊の想いを知ったから、可能性を知ったから、誰に対してだって目を逸らさないと決めた。

「わかんない、なんにも。ぜんぶ忘れちゃった」

「そうか……」

彷徨う時間が長引けば長引くほどに、幽霊はそうなっていく。

帰る場所も、自分が何者かも、心残りすら分からなくなってしまった幽霊はやはり手の施しようがない。

少年もそういった類の、浮遊霊だった。

「ねえお兄ちゃん。ぼくはどうすればいいのかなぁ？」

賢そうな顔をした少年は、途方に暮れている。

クロは手を伸ばして、少年の頭にかざした。

朝の今、実体のない彼に触れることはできないが、ぽん、と、軽く乗せるような仕草で。

「家が分からないなら、帰してやるのは難しい」

「そうだよね……」

「でも、他に、何か一つでもいい。覚えてることはないか？　それがきっと、お前の心に引っ掛かってることだから」

「……心に、引っ掛かってること……？」

少年は、素直に胸に手を当てて、考えを巡らせはじめた。

「……ひも」

「紐、か？」

「うん。こんな風に、こんなに大きな木じゃなかった気がするけど。木の根元に、ひもが見える」

少年は、桜の大木を悲しそうな瞳で見つめた。

クロが見つけた時も、テープで巻かれた木を見て、何か思うところがあって立ち止まっていたのだろう。

覚えていなくとも、それが心に引っ掛かっているのだ。

「ぼくはそれを……そのひもを、しばっちゃいけなかったんだ」

不意に少年が、苦しげに呻き、その場にうずくまってしまった。

「分からない……思い出せないよ……思い出したくない……」

「思い出したくないなら、今は考えるな」

クロは少年のかたわらに膝をつき、声をかけてやる。

「心残りが何か分かれば、今苦しいのとか、寂しいのとかは消えるから」

「こころ、のこり？」

不安げに見上げてくる少年に、クロは優しく微笑みかけた。

「心配するな。教えてくれるお姉さんを知ってるから」

結城藍子の顔が、クロの脳裏をかすめる。

頼りすぎてしまうのは気が咎《とが》めるが、彼女の能力なら可能かもしれない。

「お姉さん？」

「ああ。そのお姉さんは俺よりずっとすごいんだぞ。学校の先生で、幽霊の願い事を叶えてくれるんだから」

「えぇーすごい！　お兄ちゃんもすごいけどお姉さんもすごいね！」

少年の顔がぱっと輝いた。

どうやら元気を取り戻してくれたようだ。

クロはホッと胸を撫で下ろし、立ち上がった。

「ええっと。今から俺は学校に行くけど、終わったらすぐそのお姉さんを連れてここにくる。だからそれまで、ここで待てるか？」

「うん。待ってるよ！」

「絶対動くなよ？　浮遊霊は一旦見失うと、見つけられなくなるんだからな？」

何度も頷く少年に、クロは片手を振り上げてその場を後にする。

しばらく歩いてから何気なく振り向くと、大木の根元に立つ少年が、体の全部を使ってまだ手を振っているのが見えた。


偶然、クロを見つけた。

しかし紫音は、彼の前に出ていくことができなかった。

校舎の陰からこっそり覗いていると、彼は何かを見つけた様子で、ネットとテープで覆われた大きな木のほうへ歩いていった。

そこで紫音は、木のそばに子どもが立っていることに気付いた。こんなところに小学生がいるのはおかしい。クロの様子からすると、きっと幽霊なのだろう。

クロは、その子どもの幽霊と話をしているようだった。

距離があるので、会話の内容は聞き取れない。

クロの姿が見えなくなるのを、確認した。

紫音はそれからやっと、隠れていた場所をそっと離れた。

少年は、そびえ立つ大きな木をぼんやり見上げている。

「こんにちは。あなた、こんなところで何してるの？」

近付いて声をかけると、少年の背中がびくりと揺れた。

振り向いた子どもらしい丸い瞳が、驚きに更に丸くなっている。

「えっ、ええっとあのぼく、ここで待ってなきゃいけないんだ」

「ふぅん。そうなの」

「……お姉ちゃんは、ぼくと、おんなじ？」

おそるおそる訪ねられて、紫音はこくりと頷いた。

「そう、キミは幽霊だよね。私も幽霊なの。はじめまして」

そう言って笑いかける。少年の頬が赤らんだ。

紫音は、一般的な本や映像から、幽霊は透明だというイメージを持っていたし、足がなく浮いていると思っていた。

でも実際は違った。

紫音自身もそうだが、生者とほとんど見た目の区別がつかない幽霊もいる。一方では、指導室で会った怨霊のように、ほとんど人の形を成《な》していない幽霊もいた。現世へ干渉する力も、一体一体異なっている。恐らく幽霊だから『こうだ』という決まった状態はなく、精神のありようのようなものが、そのまま映し出されているのだろう。と、紫音は推測した。

妄念に囚《とら》われていたり、現れたり消えたりしてくれたら分かりやすい。だがあまりに現実的な姿だと、生者なのか死者なのか、区別が難しい。

そして気付かずに、あまりにたくさんの幽霊が、現実に混じっている。

クロがこんなに哀しい世界を見てきたのかと思うと、想像するだけで、切ない気持ちになった。

「キミの名前、教えてくれる？」

紫音が尋ねると、彼は俯いてしまった。

「あ……ご、ごめんなさい。ぼく、名前忘れちゃった……」

小さな体を恥じ入るようにもっと縮めて、彼は今にも泣き出しそうだった。

紫音は苦笑した。

「じゃあキミは、そうね。待ち坊やとでも呼びましょう」

適当な命名に、彼は複雑な顔をした。

「さっきのお兄さんと、何を話していたの？」

さっさと本題に入ることにして、紫音は切り出した。

何のことか分からなかったようで、きょとんとした少年は、しかしすぐに嬉しそうな笑顔になった。

「あのね、あのお兄ちゃんがね、お兄ちゃんの知ってるお姉さんがね、学校の先生で、えっと、ぼくのこころのこり忘れちゃっても教えてくれるって。そしたらぼくが、今さびしいのもくるしいのもなくなるんだって、すごいよね！」

「え……？」

つたない言葉で精一杯、身振りも交えて少年が言った。

予想外の内容を聞いて、紫音は先ほどまでの余裕を失う。

鼓動の音は失ったはずなのに。胸のあたりが、ざわつく感覚がした。

必死に思考を巡らせて、彼の言わんとするところの意味を考えた。

幽霊が、心残りを忘れてしまっていても。苦しいのも、寂しいのもなくなって。

それは。

「……そのお姉さんは、幽霊を成仏させてくれるってこと？」

「じょうぶつ？」

少年は首を傾げている。でも、そういうことなのだろう。

「幽霊のお姉ちゃんも、頼むといいよ！　こころのこり、教えてくれるって。幽霊のねがいをかなえてくれるんだ」

「そうね。私もきっと、そうするべきよね」

目を輝かせている少年の無邪気な言葉に、紫音はニッコリと笑って返した。なんとか笑えた。

結城家のきょうだいは、夕刻に最大に高まった霊感で、幽霊への干渉ができるのだと聞いた。

口元に指を当てて、紫音は熟考する。

クロが幽霊に触れられるのは見た。

黄が幽霊に体を貸すのも見た。

緋色が幽霊に死を与えるのも見た。

もう一人の姉である結城藍子に、なんらかの能力があってもおかしくない。

幽霊自身が忘れていること、心残りが分かるのならば、藍子は夕刻に幽霊に触れたら心が読めるのかもしれない。

「じゃあ、でも……なんで？」

幽霊の心残りを藍子が教えてくれるのならば、何故最初から、紫音にもそうしなかったのか。

もやもやと、胸のあたりのざわつきが消えてくれない。

紫音は、嘘でもなんでもなく、本当に自分の心残りが何か分からなかった。

藍子に聞けば、その答えを与えてくれるのだろうか。

そして、知って、『長谷川紫音』は消えてしまうのだろうか。

これまでに見てきた、満足そうに笑って成仏していった彼らのように。

足が震えそうになって、紫音は必死に堪えた。

それがどれほど安らかであれど、今の自分が消えてしまうのはとても怖いことだと思う。

自分は幽霊なのだと。

思い知らされる。

……それに、クロは何故、今まで黙っていたのか。

お前の心残りを教えろと。分からないのなら一緒に探そうと、紫音に告げた、他ならぬクロが。

ぽたりと落ちた、不安の黒い滴《しずく》が、胸のうちにひろがっていく。

「幽霊のお姉ちゃん……？」

少年が呼んでくる。

紫音がいきなり黙り込んだので、不安になったのだろう。

「お姉ちゃんも、こわいの？」

「怖い？」

成仏のことを言っているのだろうかと思ったが、少年は成仏することに対して、目を輝かせていた。そうじゃない。

「思い出すのが」

少年は、すぐに答えをくれた。

そしてその言葉は、紫音の胸に抉るような痛みを与えた。

失ったはずなのに。痛くなるはずなんてないのに。


――思い出したくない。


泣き叫んで、耳をふさぎたくなる衝動に駆られた。

「ぼくは……ちょっとこわい」

自分を見上げる少年の瞳が、泣き出しそうに揺れている。

そのことで、なんとか紫音は正気を保てた。

少年を安心させるために、笑いかける。

「ねえ。今からそのお姉さん会いに行かない？」

唐突な提案に、やはり少年はきょとんと目を丸くする。

「お兄さんのお姉さんのいるところ、知ってるの？」

「うん、知ってる。ね、一緒に行こう」

「でも、ぼくここでお兄ちゃんを待ってないと」

「私も怖いの。どうやらすごく、思い出したくないことがあるみたい。だからほら、二人一緒なら、怖くないかもしれないでしょう？」

「お兄ちゃんは、待たなくていいの？」

「いいのよ」

ぽつりと吐き出してから歩き出すと、少年が素直に後をついてくるのが分かった。

振り返らず、さりげなく子どもの足に合わせてゆっくり歩く。

思い出すのが怖い。何が怖いのかも分からないけれど、とてつもなく怖かった。

けれど。

きっと今、こうしている瞬間にも、自分の記憶は、波にさらわれる砂山のようにぼろぼろと崩れているのだろう。

とても大切だったはずの思い出がこぼれ落ちて、大気に溶け出して消えていくのだ。そして忘れたことすら自覚できず、哀しいとすら思えない。

最初からなかったことになる。

これから、クロの姉妹達のことも、志郎のことも、クロのことも……忘れてしまうのだろうか。それとも私はもう、忘れてはいけないものすら忘れているのだろうか。

失い続ける未来が、怖い。

それなら、もうこんなことは終わらせるべきだ。

答えがすぐ目の前にあるのなら、どんなに怖くとも知るべきだ。

幽霊は成仏するべきだと、クロは言っていたのだから。

「クロなんていなくても、さっさと成仏してやるわよ」

紫音は掠れた声で、呟いた。


紫音は、少年を連れて校内に足を踏み入れた。

すでに多くの生徒たちが登校している。

口々に挨拶を交わして教室に向かう生徒たちには、二人の幽霊の姿が見えない。ク口にさえ見つからなければ、堂々と歩いていても問題はなかった。

物珍しげに周囲を見まわす少年に声をかけつつ、紫音は一階の職員室を目指した。

「あ」

廊下を歩いて行くと、見覚えのある顔が前から歩いてくるのが見えた。

クロ以外にも気をつけねばならない人物がいたことを、紫音はようやく思い出す。

向こうもこちらの存在に気付いて、不快そうに眉間に皺を寄せていた。

近くまで来て、お互いに立ち止まる。

彼女は、結城緋色は、職員室に用事でもあったのか、細腕に大量のノートを抱えていた。

「アンタまだいたの。もう成仏したのかと思ったのに」

背筋をピンと伸ばして立ち、緋色が鼻を鳴らした。

「安心してください。もう成仏するつもりです」

そろそろ潮時みたいです、と、紫音が口の中だけで呟く。

訝しげな顔をした緋色に、余裕の笑みを見せる。

「緋色先輩の大切なクロを返却します。どうぞ末永くお元気で」

「ちょ、いきなり何……」

「もうクロは必要ありません」

わざと冷たく言い捨てて、紫音は再び歩き出した。

立ち尽くす緋色の横をすり抜ける。

わけも分からず二人の少女の顔を見比べていた少年が、おどおどと後をついてきた。

「……アンタ、それでいいの？」

すり抜けざまに、問われた。

紫音は不思議そうに首を傾げた。

どうして彼女は、幽霊に、そんな質問をするのだろうか。

いいも何も、幽霊には成仏するしか道などないのに。

彼女自身、言っていたではないか。もう死んで去ってしまった人間より、今生きている人間が大切だと。

それなのにどうして緋色は、震える声で、そんなことを訊いたのだろう。

優しい、お人好しのお姉さんは、結局幽霊から目を逸らせていないのだ。

ふっと心にあたたかいものが宿ったが、すぐに打ち消した。

「失礼します」

緋色の問には答えずに、ただ紫音は頭を下げた。

「だって、クーは……っ、クーの気持ちは、どうなるのよっ？」

追いかけてくる声は、拳を握りしめて、聞こえなかったフリをした。

閉まっているドアを突き抜けて、職員室へと入る。

雑然とした室内を見渡すと、藍子の姿はすぐに見つかった。

紫音が近づいていくと、机に向かって何かを記入していた藍子が、顔を上げた。

「おはようございます。藍子、先生」

「ハイおはようございます、紫音ちゃん」

丁寧に頭を下げた紫音にならって、藍子も、回転椅子に座ったままで頭を下げた。

そうしてから紫音を見上げて、頬を緩ませた。

紫音にとっても、少しの付き合いだったが、二年A組の担任教師としてお世話になった人だ。

クロの姉であることも聞いていた。

けれど、個人的にあまり親しく話した覚えはない。

紫音は、全てを拒絶して生きて、誰からの干渉も受け付けないようにしてきたのだ。

それは担任教師であろうと、クロの家族であろうと変わらない。

紫音の表情のこわばりは取れない。もうないはずの心臓が、胸の中で、激しく脈を打っているようだった。

「早速ですが、本題に入らせてもらいます」

「ん？　なあに？」

藍子はペン先を唇にあて、柔らかく問いかける。

「私の心残りを教えてください」

緊張と、恐怖で声が震えそうだった。

それでももう、後戻りはできなかった。

だから紫音は一息に言った。

自分の背後に隠れている少年も、指し示す。

「この子は待ち坊やです。彼の心残りも教えてください。一緒にならら怖くないって、二人でここに来たんです」

「んー。そっかぁ」

紫音の言葉を聞いても、藍子は依然として笑顔のままだ。

こういう大人は、腹の内で何を考えているのか分からない。紫音は少し不安になった。

「待ち坊や君ね。お年はいくつかな?」

藍子が少年に問う。

見れば、紫音の背中に張り付くようにして立っている少年は、顔を真っ赤にしていた。

「……ごめんなさい。わすれちゃった」

「そっかぁ。私は藍子って言います。藍子先生って呼んでね」

「あいこ先生」

頬を赤らめ、まるで夢見るような表情で少年が呟く。

無理もない。藍子は見るからにして、子どもに好かれそうな外見だ。

紫音はふと、他の教師たちが藍子に奇異の目を向けていることに気づいた。傍から見れば宙に向かって独り言を呟く不審な教師だ。

結城藍子は腹の内に何も隠しておらず、裏表なく本当に優しい人間なのだと、そのとき分かった。

藍子のほうは、視線にも動じることなく、少年を優しい眼で見つめている。

「思い出したくないことがあるのね？」

「うん……」

「キミみたいな幽霊は、たくさん見てきたから。分かるの。心に引っ掛かっていることがあって、それで現世から離れられないのね」

「ひもが……お兄ちゃんにも話したけど、ぼくはひもを、しばっちゃいけなかった。そのせいで」

何度も話すうちに、少年の中で少しずつ何かが解《と》けている様子だった。

思い出せそうなのかもしれない。

でもそれは、あまりよくない兆候にも見えた。

苦しそうに顔を歪めた彼の姿が、映像にノイズが入ったかのように、ゆらりと黒くぶれたのだ。

藍子はすぐさま首を振る。

「大丈夫よ。今はまだ、何も考えないで」

「う、うん」

少年が頷くと、姿が鮮明に戻った。

「浮遊霊はね、存在がとても不安定なの。思い出したことで、不安が膨れたことで、姿を保っていられなくなるかもしれない。だからもう少しだけ、夕方まで、待っててね。私もその時間帯じゃないと、あなたの力にはなれないから」

「あ、そういえばお兄ちゃんと約束したんだ。学校が終わるまで待ってるって」

「お兄ちゃん？　クーちゃんのことかな？」

藍子の言葉に、紫音は無言でうつむいた。

こうして勝手に少年を連れてきたことを、クロはどう思うのだろうか。

唐突に、藍子が椅子から立ち上がった。

そして、紫音の頭に手をかざした。あの大木の下で、クロが少年にそうしたのと同じように。

触れなくても、優しく、優しく、藍子は紫音の頭を撫でる。

「紫音ちゃん、捨てられた仔猫みたいな顔になってるよ？」

「そ、んなこと……」

「大丈夫。何も心配することないから。坊や君のことも紫音ちゃんのこともぜーんぶ先生に任せてくれたらいいから。だから笑って？」

笑う藍子に、少年はつられたように笑顔を浮かべた。

「ほーら坊や君はとってもいい顔！　ほらほら、紫音ちゃんは？」

藍子に催促されて、笑わなきゃ、と思う。

いつものように、自信たっぷりに。

でも、どうやって自分が笑顔を作っていたのか分からない。

どんな気持ちで笑っていたのか分からない。先ほどは緋色に余裕の笑みを見せられたのに。

優しい藍子を前にして、必死で保ち続けていた自身の虚勢がもろく崩れ落ちていくのを感じた。

……怖くて怖くて、仕方がなかった。

どうしてなのか分からない。何が怖いのか分からないそんな自分の状態が怖い。思い出したくない。思い出したくない。思い出したくない。

怖くて、怖い、怖いよ。怖いの。

——助けて、クロ。

ひたすらに感情を押し殺し、溢れ出そうな悲鳴を呑み込む。

口を固く引き結んだ紫音に、藍子が苦笑した。

仕方がない子ねとでも言いたげなそれは、呆れたのではなく、頑固な子どもをそっと見守る大人の暖かい眼差しだ。

「さて、じゃあ夕方に。どこで待ち合わせなのかな?」

椅子に座って、藍子は紫音に尋ねた。

「裏庭です。プレハブの近く、大きな桜の木のあるところ」

「了解!」

藍子が頷いたのを確認してから、紫音はすぐに踵を返し、職員室を後にした。

ずっと、嫌な予感に苛《さいな》まれていた。

霊感が強いせいか、クロの嫌な予感は忌々しいほどに的中率が高い。

胸騒ぎがどうしようもなくて、授業の内容はほとんど頭に入ってこなかった。右から左へ素通りだ。

「クロ、お前何か悩みでもあるのか？」と、休み時間に志郎に聞かれるほどに、心ここにあらずだった。

そうしてやっと、待望の放課後がやってきても、紫音は姿を現さない。

頭に入らない授業なんか全部放り出して、ずっと紫音を探していればよかったんだと、クロは後悔した。

それでも紫音のことに構いすぎず、普段通りの日常を送ることは、藍子との間で取り決めた約束だ。それに、藍子の言葉を信じるのならば、紫音の存在が危うくなるまで、時間はまだ残っているはず。

何度も繰り返し自分に言い聞かせて、チャイムと同時に教室を飛び出した。

クロは、まず職員室に向かった。

しかし、職員室に藍子の姿はなかった。

藍子の隣の席に、化学の松本先生の姿を発見する。以前と比べればずいぶんと健康的な顔色になった松本先生に、クロは大股に近づいた。

「松本先生」

声をかけると、松本先生が机から顔を上げた。

「ハイ、なんでしょう、か……！」

言葉が切れた。クロの顔を見た瞬間、松本先生の顔が引きつった。

ラブレターの幽霊の件から、クロに対して苦手意識を持っているらしい。

「いや、あの、落ち着いてください。別に何もしません」

クロは仕方なしに、松本先生を宥める。

松本先生が多少の落ち着きを取り戻したところで、改めて切り出した。

「あー。結城先生、見ませんでした？　現国の」

「ゆ、結城先生？　そういえば、授業が終わってすぐに生徒に呼ばれて出ていったような……ああ、君の身内ですよ。三年生と一年生の、結城姉妹」

「緋色と黄？」

意外な答えが返ってきて、クロは考え込んだ。

学園の中で、あの三人が揃って何を話すことがあるのだろうか。家で話せばいいものを。三姉妹が一緒に集《つど》っているなど、クロにとっては苦い気持ちにしかならない。

着々と膨れ上がる胸騒ぎを堪えて、クロは松本先生にもう一つ訊いた。

「どこに行ったかは」

「いやいや、ちょっと僕には分からないな」

クロと目を合わせないようにしながら、ずり落ちそうな眼鏡を直した松本先生がそそくさと椅子から立ち上がる。

「用事を思い出したので、し、失礼しますよ」

「あ、松本先生」

クロは、立ち去ろうとした松本先生を呼び止めた。

松本先生の肩がびくりと揺れて、恐る恐る振り返る。顔面は蒼白だ。

「肩になんかついてますよ」

言いながら、白衣の肩についたそれを、払ってやろうと手を伸ばして。

「つ、ついて……？　また僕何かに……！」

松本先生は悲鳴を呑み込み、逃げるように職員室を飛び出した。

「……糸くずが」

クロの呟きは、当の松本先生には届かない。

騒々しい足音が廊下を遠ざかっていく。

大方、幽霊の見える自分を化け物か何かのように思っているのだろうなと、ため息を吐いた。

職員室中の注目を集めてしまったクロも、そそくさと退出した。

藍子はもちろん、姉妹たち全員の居場所は分からない。

困り果てたが、どちらにしても、これから向かう先は一つしかなかった。

浮遊霊がそこにきちんと待っているかが心配だ。朝にした約束を果たさねばならないし、藍子を探すのは、それからでもいい。

クロは、校舎裏の大木を目指した。


……唖然として、クロはその場に立ち尽くした。

朝と同じく閑散とした校舎の裏の、大木の下。

そこで朝に会った少年と、何故か紫音が立っていたからだった。

背筋を伸ばし、姿勢の良い紫音に表情はない。唇を固く引き結び、心の底までを見透かされそうな深い黒い双眸《そうぼう》で、クロを見つめている。

紫音は、いつでも、何度見ても綺麗だと、クロは思う。

「お兄ちゃん！」

無邪気に手を振る少年に応じて、軽く片手を挙げる。

しかし内心では動揺していた。

どうして紫音が、あの少年と一緒にいるのだろうか。

それに……今朝、俺は少年に何を話した？

鼓動が早まり、心臓が口から飛び出そうになった。突き刺さるような紫音の視線を受け止められない。

クロは、少年だけに目を向けて歩み寄った。

「ごめんな、ちょっと藍子さんが見つからなくて」

「だいじょうぶだよ。お兄ちゃんが学校に行ったあとね、ぼく、幽霊のお姉ちゃんといっしょにあいこ先生のところに行ったんだ！」

「幽霊のお姉ちゃんって……」

「私のこと」

脇から飛んできた硬い声に、クロは反射的に紫音を見た。

表情がなく、彫像のようだ。

胸の中でどくどくと爆《は》ぜる心臓の音が、耳の奥に反響する。

「勝手に連れ出してごめんなさい。不安定な子みたいだから、ずっとそばについてたの。藍子先生も、ここに来てくれるって」

「そっか……。それは、よかった」

心にもないことをぼそぼそと返して、クロは口を閉じた。

紫音も何も言わない。

場の空気がおかしいことを察知したのか、不安げな顔をした少年は、クロと紫音を交互に見上げた。

沈黙が重い。

「私」

永遠に続くのかと思われた静寂は、紫音の声で壊れた。

クロは息を呑んで、紫音を見つめる。

「私、もう、あなたと一緒にいられない」

「お姉ちゃん？」

声を失くしたクロに代わって、少年が紫音に呼びかける。

少年に構わず、紫音は続ける。

「どうして教えてくれなかったの？　藍子先生のこと」

「それは……」

「心残りの答えなんて、簡単に出せたんでしょう？　それなのになんで、私の心を探ろうとしたの？　あなたが何を考えているのか分からない。信じられない」

「俺は……」

言いかけた言葉は、喉の奥に詰まって外に出てこない。

「ねえ教えてよ！　私は、何を思い出したくないの!?　分からないの！」

「やめて」

差し挟まれた静かな声は、少年のものだった。

クロも、紫音も、ハッとして少年に目を向ける。

耳を塞いで、目をぎゅっと瞑り、苦しげにうすくまる少年は、ノイズが入ったように姿がぶれている。

「やめてよ。やめて。もうケンカしないで。聞きたくない……！」

少年の声は押し殺したように小さい。

けれど、声なき悲鳴が黒い靄のようになって漏れ出している。

「何これ……？」

「まずい。このままじゃこの子は、姿を保てなくなる」

「え？」

少年の体から出る靄が、一帯に流れていく。クロと紫音も、それに包まれてしまっていた。

靄に触れて、少年の悲鳴が、伝わってきてしまう。


やめてやめてやめてやめて。

どうしてケンカばっかりしてるの？　きたない言葉、キライ、キライ、大嫌い。

大好きなお父さんとお母さんが、わらってくれない。

ぼくを見てくれない。

さびしいよ。さびしい。ひとりぼっちはいやだ。

もうやめて。やめてよ！

「……っ」

脳内に響き渡るすさまじい悲鳴に、クロも紫音も思わず耳を塞いだ。

「……これが、この子の心残り、なの？」

「違う、と思う……こんな悲鳴を上げるほどの気持ちが心残りなら、怨霊になっているはずだ。これは、不安が増幅したんだ……っ」

「私のせいかも……お願い、しっかりして！　もうケンカしないから！」

紫音の声は、うずくまる少年に届いていない。

少年の悲鳴は、どんどん大きくなっていく。

紫音とクロが会話することすら、ままならなくなりそうだった。

◇◇◇

「なんで私、こんなところに連れ込まれてるんだろう？」

結城藍子は、緋色と黄の二人の妹に囲まれ、おどおどとしていた。

授業を終えて職員室に戻った途端、現れた緋色と黄に有無を言わさず手を引かれていた。連れ込まれたのは、三階の視聴覚室だった。誰もいない場所だったら、どこでもよかったのだろう。

「緋色ちゃん、黄ちゃん。私ね、用事があるんだけど」

藍子が困った顔で、弱々しく呟く。

「ごめんねあいちゃん。でもひいちゃんがどうしても話があるって」

何も言わない緋色に代わって、黄が答える。

「今じゃなきゃダメ？　私約束が」

「藍ねえ。どういうことか説明してもらえないかな」

緋色が藍子の言葉を遮って、強く言い放つ。

「どういうこと、って？」

「私たちだけ部外者扱いしてるでしょう」

「な、なんのことか分からない……」

藍子は両方の人差し指を突き合わせ、緋色に気迫負けしていた。

「……クーと紫音のことよ」

強い瞳で、緋色が告げてきた。

「藍ねえが、仕組んだとしか思えないのよ」

「え、そうなの⁉」

黄にとっては全くの予想外の話の展開だったのか、唖然としている。

「仕組んだって、そんなつもりは……」

「やっぱり、あの二人に藍ねえが関係してたのね。担任教師だしね。紫音のことも、気にかけてたってわけね」

「……うん。私にできることは、してあげたかったの」

藍子がぽつりと紡ぎ出す。

「担任なのに、情けないことに、あの子たちに何もしてあげられなかったから」

泣き顔の藍子に、緋色がまた一歩迫る。

「見てられないのよ、あの二人。教えて。一体あの二人の間に、何があったのよ？」

「正確には三人……クーちゃんと、紫音ちゃんと、高嶺君」

「高嶺君？」

「ひいちゃん知らないの？お兄ちゃんの友達のしろくんだよ？」

黄が説明してくれて、緋色も納得した。そういえば夏休み前に、男友達とクロが何度か一緒にいる姿を見かけた覚えがある。

「あーもう分かりました！　話すから！　今は協力して！」

藍子は精一杯の声を上げげた。やはりそれは迫力ないものだったが、緋色と黄は一旦黙ってさがってくれる。

「今はね、危ない幽霊の子がいるの。だからその子のことを、先にどうにかしないとね？」

「協力しろって、何をすればいいのよ？」

「んー……ありったけの紐を、今すぐ集めてきてくれないかな？」

「紐？」

訝しげに問う緋色に、藍子はにっこりと笑いかけた。

◇◇◇

少年の悲鳴が続いている。

クロと紫音は、あまりのうるささに立っていられなくて、その場に膝をついていた。

「どうすればいいの……？」

「このままじゃ、あいつの意識は感情の渦に呑み込まれ、怨霊になるか、消えてしまうかもしれない」

「そんな」

浮遊霊は不安定な存在だ。

ちょっとした刺激で、何者でもなくなってしまう。そういう光景を目《ま》の当たりにしたこともあるクロは、焦りで汗を滲ませていた。

「私が、私が刺激しちゃったの……自分の都合で連れ出して、不安を煽《あお》って、喧嘩して……」

「紫音は悪くない」

クロが言っても、紫音は哀しげに首を振る。

「……くそ」

紫音を救いたい。それなのに、必要な言葉が一つも見つからない。

言えるのはただの気休めだけじゃないかと、クロはぐっと拳を握った。

不甲斐《ふがい》ないのは、許せないのは、何より自分だ。

もっとうまくやれたはずだ。

やれたはずなのだ。

今まで幽霊と接してきて、幾つの悲劇を見てきたのだ、と自分に問いかける。数え切れないほどの哀しみを経て、やっとたどり着いたはずの今が、この有様なのか。

幽霊も救えず、目の前の女の子すら――。

「クーちゃん！」

藍子の声が聞こえて、クロは顔を上げた。

「……藍子さんが来てくれた。もう、大丈夫だ」

悔しいが、ホッとしてしまったのは事実だ。

「藍子さんは、俺よりずっと、何もかもをうまくやってくれるから」

ひろがる黒い靄の中に突入してきたのは、藍子だけではなかった。

何故か緋色と黄までくっついてきている。三姉妹の集合だ。

「な、なんで緋色と黄がいるんだよ」

「黙れ馬鹿。全部説明してもらうわよ」

緋色が腕を組み、凜と立っている。

「そうだよお兄ちゃん、説明しなさーい！　しおちゃんを悲しませてるんだったら、許さないから！」

黄が頬を膨らませている。

「遅くなって、ごめんねクーちゃん。さ、はじめよっか」

藍子はどんな時でも朗らかな笑顔を絶やさない。

そしてゆっくりと、近付いてきていた。

「あのね、紫音ちゃん、勘違いしてるよ。私の能力は幽霊の心残りを当てることじゃないの」

「……え？　そうなの？」

座り込んだ紫音が、藍子を見上げる。

「人の心なんて、分からないよ」

困ったように眉を下げ、それでも笑顔を浮かべて藍子が言う。

「それが分かるなら、どんなにか簡単なんだろうね。何もかも傷つけずにいられたんだろうね」

「だって、藍子先生は、幽霊の望みを叶えてくれるって」

紫音の言葉に、「てへへ」と照れた様子で藍子は頬をかく。

そして、少年の前へと立った。

「さ、緋色ちゃん、黄ちゃん」

合図と共に。

緋色は舌打ちして、黄が大きな紙袋を掲げて。

大量の紐を、取り出してみせた。

「紐……？」

クロは唖然として、呟く。

それは、靴紐であったり、ベルトであったり、長縄であったり、髪を結ぶゴムであったり、紙テープであったり、裁縫用の糸であったり、タコ糸であったり、毛糸であったり、手提げの紐だったり、革紐であったり、梱包用リボンであったり、ミサンガであったり、散歩用のリードであったり——日常当たり前に目にする、様々な種類の紐だった。

「ありとあらゆるものを駆使して、集めてきてやったわよ」

「ありがとうね、緋色ちゃん、黄ちゃん」

藍子は笑顔で一礼して、少年の方を向いてしゃがみこむ。

「あなたの心を苦しめている紐は、どれ？」

「ひ……も？」

少年が、涙に濡れた顔を上げる。

その瞳に、様々な種類の紐が映し出されて。

一点に、止まった。

「あ……そ、それ！」

少年が凝視しているのは、ペットの散歩用リードだった。

少年から漏れ出していた黒い靄が、急速に薄まっていく。少年の姿が、再び鮮明なものへと戻っていく。

少年の瞳から、ぽろりぽろりと涙がこぼれ落ちていく。

「ブチだ。ぼくの思い出したくなかったのは、ブチの、さんぽひも」

「そう。思い出したのね？」

少年は言葉にならず、こくりと頷いた。涙の粒が、地面に落ちることなく空間に溶けていく。

「……時間的にまだちょっと早いけど、多分できると思う」

藍子が西日の傾きを確認している。

「約束だったから。あなたの望みを叶えるって」

まっすぐに、少年を見つめた。

優しく覆うように、彼の頬に触れた。まるで涙を拭《ぬぐ》ってやるみたいに。

それから一度、まぶたを閉じる。

胸いっぱいに、息を大きく吸い込んだ。

そして一瞬の間の、後。

光の粒が、空から降ってくる。

クロ、紫音、黄、緋色、そして少年が無言で見守る中で。

……そこに現れたのは、犬だった。

「犬、の幽霊?」

クロが呟く。

ずいぶん年老いた犬だった。どこにでもいそうな、シミのようなブチ模様のある、雑種の中型犬。

その犬はよろよろした足取りで、それでもまっすぐ、少年の前に座った。

そして、たった一鳴き。

——ワン！　と、吠えた。

まるで、見つけた少年に呼びかけるように。

寄り添えたことに喜ぶように、くたびれた尻尾を振った。

「思い出したんだ」

少年が、顔をくしゃくしゃに歪めて、言った。

「ぼくのうちは、おひっこしすることになって。ブチのことすてていって言われて。どうせもう、おじいちゃんで長く生きられないからって」

「そうか」

しゃくりあげる少年の背中を、クロがさすってやった。クロにならそれができた。それくらいしか、してやれなかった。

「公園の木のねもとに、さんぽひもを、しばりつけて。ぼくはブチの目を見れなかった。にげだして……それで、公園をとびだして」

クロは、少年に触れている。

そのことで少年の想いが、あまりに切ない気持ちが、流れ込んできてしまう。


——どうしよう。

車とぶつかっちゃった。

少年の身体はゴムボールのように跳ね飛ばされ、宙を舞っていた。

理解できたことは、車にぶつかって事故に遭ったということだけ。自分がどうなっているのか、理解する間もなく意識が混濁した。

痛みはない。息もできない。まともに前が見れない。ただ、感じたことのない熱さが全身を駆け巡る。自分がこれからどうなるのかも分からず、不安だけが湧き上がってきた。

誰か助けて。

心がもがく。

ブチ。ブチ、たすけてブチ。ブチはいつも側に居てくれたのに。

どうして来てくれないの。助けてくれないの。

――ワン、ワン、ワン!

宙を舞う少年の、飛び飛びに回復した視界の端が、ブチの姿を微かにとらえた。

最近は、吠えることすらできなくなっていたブチ。

老犬とは思えない動きで、必死に両足を踏ん張り、紐を千切ろうともがいている。

吠えて、吠えて、おかしくなってしまったかのように、じたばた手足を動かしている。

ああ、ブチはこっちに来ようとしているのだ——少年は思った。

ごめん、ごめんよ。

ブチは、体が弱ってるのに。そんなに鳴いて、暴れたら、きっと死んじゃうよ。


……ぼくがひもで、しばりつけたせいだ。


「ごめんね」

たった一言でよかった。

その一言が伝えたくて、少年は長い時を彷徨い続けた。

伝えられた少年は、声を上げて泣いた。

クロは少年の背中を、腕を、頭を撫で続けた。

「私はね、その人が意識の中で望む幽霊を、眠りから強制的に覚まして、目の前に連れてくることができる。一般的には、降霊術っていうのよ」

藍子が言う。

「多くの死者の意識は眠った状態にあるの。幽霊としてこの世を彷徨うのは、ほんの一握りの哀しい存在だけ。成仏しちゃった幽霊を呼び寄せることは、さすがに無理だけどね。でもよかった。君の会いたい幽霊が、まだ存在しててくれて。私ができるのなんて、些細なお手伝いくらいだから」

心残りは昇華された。

少年の霊が、犬の霊が。

少しずつ光の粒になって空間に淡く溶けていく。

——おいで、ブチ。

——ワン！

ただ一言謝りたかった少年は、泣き笑いで飼い犬の名を呼び。

駆け寄る犬と一緒に、消えた。

「罪悪感が、あの子の心を苦しめていた。だから、思い出すのも怖くて、ずっとこの世で迷子になっていたのね」

藍子が言った後、しばらくは誰も口を開かなかった。

不機嫌そうな緋色も、涙と鼻水まみれの黄も、哀しげに瞳を揺らすクロも。

紫音も、何も言わなかった。

そして、永遠にも思える長い時間の後で。

藍子の前に、緋色が一歩出てきた。

「藍ねえは、幽霊をこの世に呼び戻すことができる。その能力を使ったのね？」

「うん。そうだよ」

藍子は頷いて、両手を体の前にそろえ、頭を下げた。

「ごめんなさい」

藍子が真実を、告げる。

「紫音ちゃんの意識を無理矢理に起こして、この世界に紫音ちゃんを幽霊として呼び戻したのは、私なの」

「俺が頼んだ」

クロが俯いたまま、重ねて言ってくる。

紫音は息を呑み、それでも何も言わずに立ち尽くしていた。

「なんのためによ！」

先に動いたのは緋色だった。

そんなことをして、何になるのだ、誰が幸せになるのだと、問いかけと苛立ちがない交ぜになった感情をぶつける。

「緋色ちゃん」

諫《いさ》めるような藍子の声にも、緋色は構わなかった。

「クー、答えなさいよ、それは一体、誰のためなのよ⁉」

緋色が噛みつくように喚き、顔を真っ赤にして怒りを露わにしていた。

クロの襟首に掴みかかろうとして。

ふと、緋色は退いた。

自分が触れたら、クロは意識を失う。そのことを思いだしただけじゃなく。

クロがあまりに、泣きそうな顔をしていたからだろう。

こちらに駆け寄ってくる人影に気付き、色々な感情を押さえ込んだ顔で、距離を置く。それは、藍子と黄も同様だった。

自分たちは深く立ち入るべき人間じゃないと、分かっているからだろう。

これは、クロと、紫音と、志郎の問題だ。


――そして、最後の一人、志郎がここに現れたのだから。


「おーい、クロ」

志郎が手を振りながら、クロの元にたどり着いた。

紫音はずっと、ただ棒立ちになっていた。志郎が現れたことに、動揺を示した様子もない。

紫音は、最初から答えを知っていた。

紫音の幽霊をクロが呼び戻したことに目的があるのなら、それは——志郎のためだ。

「やっぱりさ、ダメみたいだ。誰もまともに話なんか聞いちゃくれない」

「何のことだ……？」

クロはなんとか気持ちを冷静に保ちつつ、志郎へと問う。

「この桜の木だよ。葉が全部落ちたらもう伐採するって。残念だよなぁ」

「あ、ああ」

自分がこの桜の木の前にいたので、志郎は駆け寄ってきたのだろう。

隣に並んで、穏やかな表情で、桜の木を見上げている。

「なぁクロ。俺たちの出会いを覚えてるか？　俺は今でもよく覚えてるよ」

志郎が、懐かしそうに目を細めて、思い出を語り出す。

ここにいる人に目を向けず、思い出に囚われ続けている彼の横顔は、青白い。

◇◇◇

四月になって、志郎は私立星陵学園の門を潜った。

もちろんそれは、紫音が通う学園だと聞いていたからだ。どうかしてるという気持ちもあったが、こうなったらとことん犠牲者になってやるという腹積もりだった。

紫音には自分しかいないという、驕《おご》りもあったのかもしれない。

紫音は最初、志郎を見て嫌な顔をした。しかし、諦めたみたいに肩をすくめた。志郎の勘違いでなければ、それは安心してるようにも見えた。

そしてもちろん彼らは、友達を必要としてなかった。率先して誰かに話しかける気はなかった。

これ以上犠牲者を増やしてはならない。

二人の中で、無言のルールが決められていた。

しかし。

「あの人、いつもどこを見てるんだろう？」

最初に紫音が言い出した。紫音が誰かを気にするなんて、志郎以外の他人を気にかけるなど、はじめてのことだった。

そうなると志郎も気にならないわけがない。よく目に留まるようになった。

その彼は、紫音同様、壁を作っているように見えた。

結城クロという、名前だった。

けれど、紫音が踏み込まなければ、自分も関わり合わないと志郎は決めていた。

居心地の悪い教室から逃げるみたいに、裏庭の桜の木の下で昼食をとりにいった時のことだ。

そこで、紫音と志郎は、クロと会ってしまった。

最初は場所の取り合いみたいな、言い合いになった。紫音もクロもムキになって動こうとせず、結局毎日三人で昼食をとるようになった。

何ヵ月もそうするうちに。

志郎は、いつの間にか、紫音とクロが親しく話していることに気付いた。

楽しそうに笑う紫音を見るのは、掛け値なく嬉しかった。志郎まで笑顔になれた。クロを介入させたくないという気持ちはなかった。紫音にはもっと、現実と繋がってほしいと願い続けてきたのだから。

それに、志郎自身、クロという友達がとても気に入ってしまった。

来年の夏に待ち受ける手術の話も、病気の話も、一切がなかったことのように、志郎も紫音も口にしなかった。

この桜の木の下で、三人でいるときは、普通の高校生になれていた。

その時間は、あまりにも宝物みたいで、幸せだった。

◇◇◇

「……そう。この桜の木には、そんな意味があったのね」

志郎の話を聞いて、ぽつりと呟いたのは紫音だった。

クロは紫音に目を向ける。

とても哀しい瞳で、クロと志郎を見ていた。

「もう私は、そのことも覚えていない」

あまりに悲痛でありながら、その声はぽつりと、とても小さかった。

クロは、この桜の木の下で、楽しく三人で笑い合う日々がずっと続けばいいと思って、願った。

足を乗せた薄氷《はくひょう》が今、儚く割れていく音を確かに聞いた。

崩れていくのを、確かに感じた。

「俺は……大切な人を、失いたくなかった」

でも、心のどこかでこんな日が来ることを知っていた。

いつか消えてしまう幽霊と、生き続けていかなくてはならない生者は、絶対にもう交わることのない流れに立っている。

それでもずっと一緒にいられたらいいなんて、やはり甘い考えだったのだ。

「ごめんなさい」

紫音の声が、泣き出しそうに震えた。

「私、あなたの名前が、分からなくなってしまった」

クロは瞠目《どうもく》して、紫音を見つめる。目の前にいる女の子が、好きだった女の子が、今でも好きな女の子が、その時。

クロから目を、逸らした。

「ねえ。あなた、誰なの？　なんで、こんなにもあなたを見るのが、辛いの？」

抉られたように、胸が痛んだ。

「……もう、見たくない」

彼女は涙を見せることなく踵を返した。

「さようなら」

立ち尽くすクロに短く告げて、紫音は走り去った。

追いかけようと思うけれど、足が言うことを聞いてくれない。

「紫音……」

喉からやっと絞り出したような声が出るだけだ。

頭の中を、懺悔《ざんげ》の念と哀しみが埋め尽くして、身体を動かす神経には、ぴくりとも繋がらなかった。何度、手足に命じたって、空振りする。

心の中では手を伸ばしているのに。

「追いかけないと、危ないわよ」

少し離れたところで傍観していた緋色が、声をかけてきた。黄と藍子は既に姿を消している。紫音のことを追いかけていったのだろう。

「もうあの状態で放っておくわけにはいかない。分かっているわね?」

クロは頷く。

終わらせなければいけない時が、来たのだ。

少しずつ、陽が傾いていく。陽が落ちるまでもう間もない。

時間は進んでいく。

もう後戻りなどできないんだと、思い知らされる。

緋色の背中が見えなくなってから、ようやく足が動いた。やっと覚悟を決められた。

クロは、志郎へと向き直る。

「志郎、後で話したいことがあるんだ。ちょっと待っててくれないか」

「ああ、いいよ」

晴れやかに笑う志郎に背を向けて、クロは駆けだした。

こみ上げる涙を、唇を噛んで振り切る。今は考えない。

紫音の心を救う。そう決めた。

だからクロは、もう振り返ることはせずに、走った。

――桜の木の下で、高嶺志郎は、クロを待っている。

「話って、なんだ……？」

なにやら話があると、クロはとても深刻な表情で言っていた。少しここで待っていてほしいと言い置いて、どこかへ走っていってしまった。

志郎には思い当たることがなく、首を捻ってしまう。

考えてみようとしても、思考回路がうまく働かない。

最近、思い出ばかりに心が支配されてしまっているのを感じる。意識が薄ぼんやりと滲んでしまって不明瞭だ。

今もまた、過去の記憶ばかりが、彼の脳裏に鮮やかに蘇ってくる。

◇◇◇

紫音の手術当日の朝。志郎は急いで自転車を走らせていた。

少しでも早く病院に行きたかった。紫音が終わらせるつもりでいても、志郎は終わらせたくなどなかった。心底手術の成功を願っていた。

限界まで早く、早く、自転車のペダルを漕いでいた。
本当は気付いていた。
紫音とクロの間にあるもの。そこに自分が入り込めないでいること。
三人で過ごす時間が、切なく苦しいものになっていたのは。
誰より、自分であること。
そのとき。
眼前に迫ってきている、大きな車体が見えた。

最終話
霧が晴れたとき

高校一年生の春。

その時ようやく十五歳のクロは、まだ子どもで、きっと人生の三分の一も生きていない。

中学の頃までの友人らとも壁を作って接してきていたが、自分の母親を失って、その壁は分厚くなった。

もう誰とも親しくなるつもりはなかった。

何にも煩《わずら》わされたくなかった。全てを拒絶したかった。

幽霊たちも、まだ生きている人間たちも、とてもうるさい。

耳を塞いでも、目を瞑っても、否《いや》が応《おう》でも視界に入ってくる。干渉してくる。何もしていないのに、傷つけてくる。

だったらもう、何もかもに気付かないフリをしていればいい。

クロは十五歳で、全てを諦めていた。

ただ近かったから、田舎町で他に選択肢もほとんどなかったから、緋色と藍子がいる星陵学園に入った。

どろりと濁った瞳で、現実から逃げた日々を過ごした。

「ちょっとそこ、どいてくれる？」

そんなクロの中に、唐突に。

彼女はあまりに鮮烈に、ずかずかと、入り込んできた。

長谷川紫音。知っている。コース選択で同じクラスだった。このまま三年間同じクラスになるはずの、クロの人生には関わってこないはずの、ただのクラスメイトだ。

彼女は好奇心旺盛な一年生の、注目の的だった。だからなんとなく名前だけは知っていた。

深窓の令嬢といった風な、清楚で上品なイメージの、とても綺麗な女の子。まとう空気が周囲の生徒たちとまるで違った。女子も男子もこぞって紫音に近付いていくのを、視界の端で見ていた。

だが、彼女は傲慢で、高飛車で、身勝手だった。それを隠そうともしない紫音から、クラスメイトたちは潮が引くように離れていった。

彼女のそばには、一人の男子しか残らなかった。最初からそう決められていたかのように、その男子を女王の騎士のように従えているように見えた。

二人だけで完結している光景は見惚《みほ》れるほどに美しくあったが、もちろんクラスの反感を買っていた。噂の的。注目の的。誹謗《ひぼう》中傷の的。

クロにとっては、どうでもいいことだった。自分には関係がない。

関係がないと思っていたのだが——長谷川紫音は、今、目の前にいる。

傲岸不遜《ごうがんふそん》に見下ろしてきた眼差しを、ただぽかんと見上げてしまった。

「私たち、ここで昼食をとろうと思ってるの。だからあなたは邪魔」

「……は？」

「ごめん。えっと、同じクラスの結城、だよな？」

女子の隣に、背の高い男子が並んでいた。にこにこと愛想良く笑っている。

女王の騎士。高嶺志郎だ。

人気《ひとけ》のない裏庭の木陰で一人、弁当をひろげていた陰気なクロに対しても、人懐こい笑顔を向けてきた。

クロはあれっ、と、思った。女王の騎士でいることを選んだ志郎が、こんなに人当たりのいい人物だとは予想外だった。

「彼女は長谷川紫音、それで俺が高嶺志郎。俺たちもここ、使っていいかな？」

「志郎は黙っててくれるかしら。私は、この人にどこかに行ってほしいの」

「紫音、それはあんまりにもじゃないか……？」

二人の顔を交互に見て、会話を聞き、クロはようやく自分が立たされている状況を把握した。

改めてどっかりとあぐらをかいてみせた。

「俺はどこに行くつもりもない。お前たちが違う場所に行けよ」

関わり合いたくなどないから、いつもならすぐに退く。

だが、紫音の口ぶりにあまりにも腹が立った。苛立ちであれ、それほどまでに心を揺さぶられる感覚は、久々だった。

クロがふてぶてしい態度で宣言すると、紫音までどっかりと座り込んでしまう。

「私も絶対退く気はないわ」

「毛虫が落ちてくるぞ」

「じゃああなたがどこかに行けばいいじゃない」

「ここは俺の場所だ」

「偉そうに。あなたになんの権利があるのよ？」

「俺が最初に見つけた」

「子どもっぽい主張とかバカみたい」

しばらくその状態で、威嚇《いかく》のような睨み合いが続いて。

不意に志郎が肩を揺らして、くっくっと笑いだした。

「……アハハハ！　お前たち、そっくりだな！」

腹が捩《よじ》れそうなほどに受けていた。紫音が真っ赤になって志郎を叱り、クロも反論したが、志郎はなかなか笑いを止めてくれなかった。

紫音はクロを空気扱いして、お昼休みにそこで過ごすようになった。クロは本気でどこかに行ってほしかったが、自分が立ち去ったら彼女は勝ち誇って桜の木の下で昼食を取るのだろう。それはやはり悔しい。

志郎は、クロによく話しかけてきた。

最初は蔑《さげす》んだ。こんな女の言いなりになって、バカなやつ。

すぐに同情に変わった。紫音と一緒にいなければ、人当たりの良さから、クラスの人気者になれそうな、すごくいいやつなのに。

それから友情になった。

志郎のまとう穏やかな雰囲気や物言いは、クロを安心させた。

紫音はクロの中に鮮烈な印象を残したが、全てを諦めて生きていたクロを現実と繋いだのは、志郎の方だった。

志郎がいたから、紫音ともそのうちに普通に会話を交わすようになった。

桜の木の下で、三人で過ごす時間が増えた。

日に日に、親しくなっていった。

自分でも驚くほどに、三人で過ごす時間は愉快で、心地よかった。

現実が、悪くないものだと思えた。

時折、紫音と目が合った。

心の奥底まで覗かれそうな、吸い込まれそうな深い瞳で、彼女はまっすぐにモノを見る。決して目を逸らさない。

一体どう生きてきたら、こんな眼差しを持てるのだろうか。

紫音の存在が、クロの中で徐々に大きくなっていった。


満ち足りた三人の関係が変化してしまったのは、高校二年生の夏だった。

まるでそれは、予定調和のように。

二年生の夏が近づくにつれ、示し合わせたかのように、紫音も、志郎も、クロから距離を置くようになった。はっきり何かを言われたわけじゃない。しかし、よそよそしい空気が嫌というほど伝わってくる。

クロとの関係は最初から、この時期までと決めていたかのようだった。

当たり前だが、そんなもの納得できるわけがない。

クロにとって、モヤモヤする日々が続いていた。

そしてその日は、不快指数が最高値を記録しそうに、空気がじっとりと重い日だった。

蒸し暑い教室内に一人きり、日直のクロは、日誌をつけていた。

もう一人の日直は、帰宅部のクロに押し付けて部活に行ってしまった。

首筋に汗が伝って気持ち悪い。

日誌を書いて早く帰ろうと、改めて思った時に、教室のドアがガラリと開いた。

反射的に顔を上げると、入り口に、意外な人物が立っていた。

紫音だった。

午後のプールの授業の時に、見学していた紫音が倒れかけた。

それにいちはやく気付いた志郎が、紫音を抱えて保健室に連れて行くという一幕があった。

冷やかす男子や、きゃあきゃあ喜ぶ女子たちと一緒の水の中で。

クロはぼんやりと、それを見送っていた。

最初のうちは非難されていたが、二年に進学する頃になると、いつの間にか紫音と志郎は公認の仲になっていた。絵になって、しかも絆が強固であればあるほど、高校生の彼らにとっての憧れのカップル像になっていた。

「あ、クロ」

「……なんだ。早退したんじゃなかったのか」

「保健室で寝てたのよ。誰も起こしてくれなかったし」

クロは紫音と一年以上友人として過ごしてきたのだが、この時初めて、志郎を間に挟まずに、二人きりで会話を交わしていることに気付いた。

最近彼らが距離を開けてクロに接しているのもあったが、驚くほどに緊張した。

滲み出る汗で、シャーペンが滑り落ちそうになるほど。

紫音の方は澄ました顔で、クロの席に近付いてきた。

「……体、大丈夫なのか？　一人で帰れるか？」

「心配してくれるの？　クロって、あんまり人に関心がないタイプだと思ってた」

意外そうな顔をした紫音は、自分のカバンを手に取り。

「私には、志郎がついてるから」

そう言って、あっさりと背を向けた。

紫音の淡々とした態度と言葉に、むしゃくしゃとした。

だから日誌の上にシャーペンを放り出して、わざとらしく肩をすくめた。

「だよなぁ。お前と志郎は恋人同士だもんな。俺が口挟むことじゃないか」

言い捨てたクロの声に、紫音の足が、ぴたりと止まった。

「……違う。私たちはそんなんじゃない」

クロに背中を向けたままで、紫音は、硬い声で言った。

「志郎と私はそんな簡単に言い表せる関係じゃない。なのに、みんなどうしてそんな目で私たちを見るの？」

カッとなった。

自分は部外者なのだと。

二人の間に入る余地などお前にはないんだと、突きつけられた気がして。

「お前のことが、好きだからだ」

歯止めのきかない感情に流されるまま、クロは紫音の背中に気持ちを吐き出していた。自分でも驚いた。

でも、認めていなかっただけで、心の片隅では気付いていた。

いつしか紫音に恋をしていた。

そして志郎に、自分を現実と繋げてくれた無二の親友に、ずっと嫉妬していた。

振り向いた紫音の額には、うっすらと汗が滲んでいた。

表情こそ涼しげなものだったが、教室の中は湿気と熱でひどく不快だ。でも、眉ひとつ動かすことなく、彼女は、艶然と、微笑みかけてきた。

「そう。そんなに私の下僕になりたいんだ。クロは」

「な、下僕？　んなもんになりたいわけないだろ！」

「冗談よ。冗談なんか、私たちいっつも言ってるじゃない」

「俺は真剣に言ったんだぞ！　……てか、なんで俺、つい、クソ」

声が、尻すぼみに小さくなっていく。

紫音に告白してしまったのだと自覚するにつれ、じわりじわりと羞恥が込み上げてきた。居たたまれない。

そんなクロを目の当たりにして、しかし、紫音の表情は変わらない。

「それなら私も真剣に言ってあげる。私はクロのこと友達としか思ってないし、付き合う気も、恋愛感情もない」

きっぱりと言い切られて、一瞬、言葉を失った。

それでもすぐに理解して肩を落とした。要するにフラれた、のだ。

「そう、だよな。当然だよな」

「なんか喉が渇いちゃった。クロ、ジュース買ってきて」

「なんだその追い打ち！　お前は鬼か！」

頭を抱えたクロに、紫音は肩を震わせてくすくす笑った。

全く悪びれない紫音の態度に、クロは口を尖らせた。

「そんな極悪な性格で、今までよくやってこれたよな。学校もさぼってばっかりだし。この不良」

厭味《いやみ》ったらしい呟きにも、紫音はやっぱり堂々と返した。

「私の座右の銘は、『最期まで自分に正直に生きる』なの」

「はいはいそーですかそーですか。じゃあ下僕はジュースを買ってきますよ」

彼女にはとても敵《かな》わない。

クロは大きなため息をついて、椅子から立ち上がった。

紫音の方を見て、なんのジュースがいいんだ、と、聞こうとした。

クロが声を出すより先に、紫音が、倒れた。

突然だった。

ぷつりと糸が切れたように、彼女はその場に崩れ落ちた。

「紫音！」

その名前を呼んだのは、クロではなかった。

いつの間にか、教室のドアの前に、志郎が立っていた。険しい表情だった。

クロは、その場から動くことも、声を出すことすらできなかった。

足音も荒く駆け寄ってきた志郎が、紫音を抱き起こす。

プールの授業の時と同じで、クロはその光景をただぼんやりと見ていることしかできなかった。

紫音の顔は、まるで紙のように真っ白だった。

「勝手に保健室を抜け出すから、こういうことになるんだ」

「……大丈夫なのか？」

「いつものことだから」

志郎はそう言って、細い紫音の体を軽々と抱えて立ち上がった。

いつものこと。

その言葉は、クロの胸に小さなトゲのように刺さる。

クロは、紫音のことを、何も知らない。

紫音には、彼女のことをよく理解している人がいるのに、どうして告白なんてしてしまったのだろう。

身の置き所のない後悔に苛まれた。

志郎を直視できなかった。

「ごめん、クロ。……本当に、ごめん」

志郎の謝罪は、今のクロにとってやはり追い打ちにしかならない。

急ぎ足で教室を出ていく志郎の背中を、視界の端で見送った。


告白をした次の日から、紫音と志郎は学校に来なくなった。

そのまま、夏休みに突入した。

モヤモヤとした気持ちを抱えたまま、何も手がつかない状態で数日が過ぎて、志郎から連絡があった。

電話の向こうの志郎は、思いつめた声音だった。

『……ずっと、悩んでたんだ。でもやっぱり俺、クロには知ってほしい』

そんな前置きだった。

「なんのことだよ？」

『紫音が、入院してる』

志郎の言葉が、にわかには信じられなかった。

確かに紫音は、クロに告白されたあの日二度も倒れた。学校は休みがちで、体育に参加しているところを見たことはない。

でもそれは、お嬢様な彼女のワガママだとばかり思っていた。そういう素振りしか見せてこなかったから。

翌日クロは、病院に赴いた。星陵学園に隣接する大学の付属病院だ。

古くからある病院で、幽霊の数も多いため、クロはここを苦手にしていた。

彼らをできるだけ見ないようにしながら、クロは紫音の病室に向かった。

ノックに返った声に引き戸を開けると、個室のベッドに紫音が座っていた。

紫音はクロを見て、息を呑んだ。

すぐさま目を吊り上げて、ベッド脇の丸椅子に座った志郎を恐ろしい目つきで睨んだ。

「志郎。どういうことだ？」

「ごめん……。でも、もう話すべきだと思ったんだ」

志郎が広い背中を縮めている。

「クロは、俺と紫音の、親友だ。そうだろ？」

「……」

紫音は不機嫌な表情のまま、ぷいとそっぽを向いてしまって。

売店にジュースを買いに行こう、という志郎の提案で、二人は病室を逃げ出した。

「紫音って……なんか、病気なのか？　なんで何も話してくれなかったんだよ」

クロは隣を歩く志郎に問いかける。

「ずっと黙ってて、悪かった。紫音は、普通の高校生でいたがってた。だから俺も、お前に言えなかった」

薬品臭い廊下の先を見据えて、志郎はぽつりと言った。

「生まれつきの、心臓の病気なんだ。すごく難しい。小さい時から、長く生きられないって言われてる」

呼吸が止まるような気持ちで、クロはそれを聞いていた。

「紫音はさ、ずっとそんな風に育ってきた。だから生きることに希望を持てない。身体は自分の思うようにならなくて、薬漬けと病院通いで、制限ばかりだ。何もかも諦めてる。俺は、ずっとそんな紫音を近くで見てきた」

「……そっか。それは」

敵わないな、と、小さく本音が漏れてしまった。

前を見たまま、志郎は続ける。

「もうすぐ大きな手術をするんだ。難しい手術で、ずっと前から決まってて準備をすすめてた。でも紫音はその手術に前向きじゃなくて、もう死んだほうが楽だと思ってる。疲れたって。終わらせたいって言うんだ」

「死んだほうがいいなんて、そんなわけないだろ」

「……そうだな。でも俺は、紫音のその気持ちを変えられなかった。だから俺たちは、クロに話せなかった」

「……夏休みで、全て終わる予定だから？」

志郎は答えなかったが、そういうことなのだとクロは理解した。

紫音は、着々と人生を終わらせる準備を、進めていたのだ。


そして夏が終わり。

クロは、幽霊になった長谷川紫音と、教室で再会した。

「――はぁっ、はぁっ……はぁっ、はぁっ……」

幽霊の長谷川紫音は、徐々に透けていた。

一歩足を踏みしめるごとに、記憶がこぼれ落ちていく。

その艶やかな髪先も、揺れるプリーツのスカートも、シューズの足先も、現実から引き剥がされ、透明になっていく。

大切な思い出を、全て手離していく。

それでも、紫音は走っていた。


廊下が、燃えるようなオレンジ色に染まっている。

別れを告げて走り去った紫音は、未だ見つかっていない。

授業が終わった校舎の中に、下校時刻を報せる放送が静かに流れている。

校舎のほうに戻ったクロは、藍子、緋色、黄の三姉妹と廊下で合流した。

息を切らしたクロは、希望に縋《すが》るように藍子を見た。

藍子は申し訳なさそうに首を振ってくる。

「やっぱり、幽霊の紫音ちゃんとのかくれんぼはね……探すの、難しいみたい」

「私たちが入っていけないような場所でも、簡単に身を潜められるし」

緋色も肩をすくめている。

しかしすぐに、切なげに眉を顰めた。

「私が追い詰めた」

緋色の言葉に、黄は不安そうに俯いた。

「しおちゃん、どこに行っちゃったんだろ。成仏しちゃったのかな……し、消滅しちゃったとか……っ」

「そんなことはないと思う。でも、普通の幽霊よりも、ずっと記憶の抜け落ちが早いの。幽霊は気持ちの塊みたいなもの。長い時間見つけられずにいたら、強い想いに囚われていない幽霊は風になって消えてしまう。そんなことになったら、私の責任ね」

ぽつりと呟いた藍子に、一瞬明るくなりかけた黄の顔が、再び暗くなった。

「しおちゃん……。どっかで、泣いてるのかな」

「残念ながら隠れてしまった幽霊を探す力は、私たちにはない……」

全員が押し黙り、沈痛な空気が流れた。

クロは目を伏せた。

「緋色も、藍子さんも、何も悪くない」

爪が手のひらに食い込むくらいに、強く拳を握った。

「こうなることは、最初から分かってた。俺が、問題を先送りにしてただけだ」

自分を思いきり殴ってやりたかった。

どこかの知らない、暗い場所で、一人でうずくまって泣いている紫音の姿が脳裏を過《よ》ぎる。

クロは顔を上げて、おもむろに駆け出した。

「お兄ちゃんっ？」

驚いた黄に呼ばれても、クロは振り返らない。

廊下を走る。

小さく流れるピアノ曲をＢＧＭに、放送部が生徒の下校を繰り返し促している。

クロは走った。何も考えられなかった。

紫音を失ってしまうかもしれない。

あんな顔をさせて。傷つけて。自分は何のために紫音をこの世に呼び戻した？

あんな顔を見るためなんかじゃない。

クロは、放送室のドアを、乱暴に開け放った。

中は所狭しと押し込められた機材に埋め尽くされていた。放送部の部員たちが、驚いた表情で立ち上がった。

「あれ、結城君？」

同じクラスの男子が目を丸くしている。

クロはそれに応えず、放送室にずかずかと踏み入った。

唖然とする放送部の面々を尻目に、放送機材の前に立って、マイクをつかんだ。

ラベルの貼ってあるスイッチが、全てONになっているのを確認する。

全校舎、グラウンド、裏庭、体育館、星陵学園内の全ての場所に届くように。

「ちょ、ちょっと！　結城君何を――」

突然の闖入者《ちんにゅうしゃ》にぽかんとしていた男子が、ようやく我に返って制止の声をあげたが、クロは構わず胸いっぱいに息を吸い込んだ。

「長谷川紫音‼」

クロは、絶叫した。

夕暮れの帳《とばり》に包まれた星陵学園の、隅から隅まで、クロの声が響き渡った。

「出てこい紫音！　俺はここにいる！　放送室でお前を呼んでる！　探してる！　お前に、お前に会いたいんだ紫音！」

「ちょ、ちょっ待っ結城君なにしてんの⁉」

クロは放送部の面々に羽交い締めにされて、それでもマイクを離さず叫んだ。

「俺はな！　お前に、長谷川紫音に恋してる！　お前が俺を忘れたって、俺は忘れない！　全部覚えててやる！　嫌になるくらいしつこく覚えててやる！　この学園を卒業したって、ヨボヨボの爺さんになったって、死ぬまでずっと、ずっと、ずっと！

好きだ！　好きだ！　好きだ！　長谷川紫音が、死ぬほど大好きだ！　忘れられるわけないだろぉぉーっ！」

数人の生徒たちの尽力により、クロはとうとうマイクから引きはがされた。

それでもあがき、次々絡みつく腕を押し返しながら、マイクに向かって叫び続けた。

「頼む出てきてくれ紫音！　もう一度、もう一度だけでいいから——」

放送室から押し出された。

廊下に尻もちをついたクロの目の前で、ドアがバタン！　と大きな音をたてて閉まった。

恐れをなした部員の誰かの手で、がちゃりと鍵の閉まる音も聞こえた。

……視界の端に、プリーツのスカートと細い足、シューズが見えた。

顔を向けると、黄が立っていた。緋色と藍子も駆け寄ってくる。

「恥ずかしいお兄ちゃんだなぁ、もう」

「絶叫告白の身内として、お前たちも巻き添えだ」

やけくそ気味に吐き捨てるクロの前に、黄がしゃがみ込んだ。

黄は目を細くして笑っていた。

「よくやった」

はじめて黄に褒められたかもしれない。クロもつられて、ふっと笑いがこぼれてしる。

まった。

……ふと、うっすらした気配が近づいてくるのを感じて、クロはそちらに目を向ける。

「聞いたからな、ライバル宣言」

挑戦的な言葉とは裏腹に、高嶺志郎は苦笑していた。

「受けて立つから、覚悟しろよ？」

「……あぁ」

クロは大きく息を吐いた。志郎に言えなかったのは、遠慮していたからじゃない。

負けるのが、傷つくのが、壊れてしまうのが、怖かっただけ。

臆病《おくびょう》な自分を叱咤して、クロは立ち上がる。

もう逃げるわけにはいかない。

「ごめんな、志郎、ずっと黙ってて」

クロの目の前で足を止めて、志郎は軽く肩をすくめた。

「ずっと言えなくて、本当に、ごめん」

紫音に向けた放送で、志郎まで来てしまった。

もうここまで来て、黙っているわけにはいかなかった。

立ち上がって、廊下の途中で志郎と向き合う。

「あと、もう一つ謝る。ずっと言えなくて……ごめん」

気を抜くと泣き出してしまいそうで、必死に顔を引き締め続けた。

そして、ずっと目を逸らしてきた『真実』を、志郎に告げた。


「お前が、もう死んでるって、黙ってて——ごめん」


そう言って、クロは志郎に向けて、深く頭を下げた。

「俺が、死んでる？」

呆然と呟くのを聞いて、刺すように胸が痛んだ。

下校時刻を報せる調べは、いつしか止んでいた。

廊下は、しんと静まり返った。

耳鳴りのするような沈黙は、永遠に続くかと思うほどに長かった。

クロは志郎へと、頭を下げ続けた。そばで見守る姉妹たちも、何も言おうとしない。

「……そこにいるのは、紫音、か？」

志郎の声に、クロは勢いよく頭を上げた。

大きく見開かれた志郎の目は、目の前のクロを見ようとはせず、クロの背後に向けられていた。

クロは振り返った。

紫音が立っていた。

◇◇◇

——その幽霊は、滅茶苦茶に走って、逃げて、どこかも分からない暗がりの中にうずくまっていた。

もう身体の隅々、全てが透けていた。

このまま消えてしまうんだろうか、と、自分の体を抱いて震えていた。

何も思い出せない。自分が何者かも、どうして走っていたかも、ここがどこなのかも、何のために存在しているのかも。

声すら失って。

怖い、怖いよと、魂が悲鳴を上げている。

誰かに助けを求めていた。でもそれが誰なのか思い出せない。

そんな時、どこからともなく、誰かの声が聞こえた。

『出てこい紫音！　俺はここにいる！　放送室でお前を呼んでる！　探してる！　お

前に、お前に会いたいんだ紫音！』


あまりに激しく叫ぶものだから、その声は割れて耳障りだった。

しかし、彼の声だということは分かった。

誰かの名前を何度も呼んだ。

彼女は顔を上げた。彼の声が聞こえる度に、靄がかかって曖昧だった頭の中が、すっきりと晴れていった。

過去の映像が、次々にフラッシュバックした。

手離したものが、戻ってきた。

こんな風に終わらせてはいけないんだと、心が叫んだ。


全部、思い出した。


「クロ」

紫音はその名を呟いて、立ち上がる。

クロの姿を求めて、足を前に踏み出す。

◇◇◇

高校一年の、春。

長谷川紫音は、生まれつき心臓に大きな欠陥を抱えていた。

病院と自宅の行き来を繰り返してきた紫音にとって、高校進学は絶望的だった。

それでも周囲の助けや、自分の体調が安定していることで、どうにかここまでやってこれた。

星陵学園にも、入学できた。

高校二年の夏休みに、大きな手術をすることが決まって。

自分の人生は、そこまでだと思った。

終わらせる準備を、していかなくてはいけない。自分にはもう残された時間が、あまりない。

だから平凡な日常が、残された一日一日が、かけがえのない宝物のようだった。

志郎という幼馴染みの男の子が、日々のサポートをしてくれる。

志郎には、心から感謝していた。

そして、感謝と同時にいつも申し訳ない気持ちでいっぱいだった。自分の人生に巻き込んでしまったから、志郎は紫音を失った時にずいぶん悲しむだろう。でももう手遅れだった。紫音は志郎が必要だったたし、志郎はどれだけ突き放したって離れる気がない。

そんな中、長谷川紫音は、結城クロと出会ってしまった。

常にかたわらに寄り添う、同じ年なのに大人びている志郎が、クロと話をしている時には年相応の男の子のように見えるのが新鮮だった。

志郎とくだらない話をして、笑っている彼と、時折、目が合った。

他の男子たちとは違う、どこか不思議な空気を持っていた。

名は体《たい》を表すと言う。黒く澄んだ瞳で、何もない場所をじっと見つめる。

そしてつらそうな顔をして目を逸らす。でも、目を逸らすのもつらいと言いたげな顔で、またいつの間にかそこを見ている。

彼は一体何を見ているのだろうか。

ただ、そういう時の彼の目は、哀しげで、とても、優しかった。

気付けば紫音は、結城クロという男の子を、もっと知りたいと思うようになった。

それは、初めて知る恋だった。

壊れかけた心臓が、とくん、とくん、と、鳴っていた。

夏休みに入る前のことだった。

『お前のことが好きだからだ』

突然、クロに告白された。

紫音はその言葉を聞いて、息が止まるかと思った。

今この瞬間に止まってもおかしくない心臓が、とうとう止まってしまったのかと思った。

もともと体調は悪かったのだが、それよりも、嬉しすぎて意識が遠のいた。泣いてしまいそうだった。もう、今すぐ死んでもいいんじゃないか、とまで思った。

「そう。そんなに、私の下僕になりたいんだ。クロは」

「なっ、げ、下僕⁉　んなもんになりたいわけないだろ！」

「冗談よ。冗談なんか、私たちいっつも言ってるじゃない」

「俺は真剣に言ったんだぞ！　……てか、なんで俺、つい、クソ」

「それなら私も真剣に言ってあげる。私はクロのことを友達としか思ってないし、付き合う気も、恋愛感情もない」

きっぱりと言い放った。

自分でも驚くほどに、口からスラスラと言葉が出てきた。

感情を殺すことには慣れていた。

クロの告白が嬉しかったから、すごく嬉しかったから、どこまでも嘘つきになろうと決めた。墓まで持っていく覚悟を決めた。

自分はもうすぐ死ぬ。だから、彼の気持ちには応えない。彼を悲しませるのは嫌だと思った。

だったらいっそ、嫌われてしまった方がいい。この人の泣き顔は見たくない。

だから、最上の笑顔で、最低の嘘を。


夏休みに突入して、紫音は、予定通り入院した。

今度の手術がおそらく最後になる。自分にとっておしまいの日。

残りの日数はあとわずかで、病室のベッドの上で、クロのことを考えた。

死ぬのはやっぱり怖いけれど、クロと出会って、今まで知らなかった感情をたくさん知った。嬉しいこともあった。だから、じっと死を待つことにも耐えられた。

ある日、クロが病室を訊ねてきた。手術の日はすでに目と鼻の先だった。

「あの、こ、こんちはー」

開いたドアの陰から、おそるおそる顔を出したクロを見た瞬間、涙が出るかと思った。

病室にいる姿なんか見られたくなかった。

毎日かかさずお風呂には入っているし、髪も整えているけれど、色気も素っ気もない着古した古いパジャマを、よりにもよってクロに見られてしまった。せめて、新しく買ってもらったチェック柄のとか襟《えり》にレースの付いたのとか、もっと可愛いパジャマを着ておけば良かったと、そんなことを激しく後悔した。そしてここを教えたであろう志郎を睨んで八つ当たりした。

病室のベッドに座っているところなんて、クロにだけは見られたくなかった。

それでも、彼の顔を見られたのが嬉しくて、会いに来てくれたのが嬉しくて。

——死にたくないと、紫音は、心の底から願ってしまった。

ジュースを買いに行くという名目で、志郎とクロが病室から逃げ出した後も、紫音は後悔し続けた。

自分の気持ちに嘘をつき続けてきたことを後悔した。

もう何も要らないと思っていたつもりが、やはり後悔ばかりが残った。

自分が死んで、もしも幽霊になったとしたら、きっとずっとクロの背後に未練がましくつきまとってしまうことだろう。

それでも紫音は嘘をついた。クロの前では、精一杯、気丈に振る舞った。

クロが帰って、志郎と二人きりになった途端——限界が訪れた。

「……っわた、私、私は……」

死にたくない。もっと、生きたい。

上手く声が出なかった。人前で泣くのは初めてだった。

嗚咽を漏らす紫音の頭に、志郎がぽん、と手を置いて、優しく髪を撫でた。

「大丈夫だよ、大丈夫。絶対手術、成功するから」

力強く断言する。

八つ当たりしたのに、志郎の声は、髪を撫でる手はどこまでも優しい。思えばそんなことばかりだった。そうやって志郎は、小さな頃から紫音を守り続けた。それがとても嬉しくて、心強くて、やっぱり同時に申し訳なかった。

「俺さ、紫音に、これからもずっと生きていてほしい。だから、頑張ってくれよ」

志郎の言葉に、声も出せずに、しゃくりあげながら何度も頷いた。

顔をくしゃくしゃにして、そんな顔を見せられる志郎という幼馴染みがいることに、紫音は深く感謝した。

「手術の日もずっとそばにいるから。応援してるから」

泣きながら紫音は頷いた。頑張ろうと、思った。

けれど。

手術当日の朝、志郎は来なかった。

自分が生きたいと願ってしまったから、志郎を奪われたんだと思った。

◇◇◇

赤い夕日の射し込む廊下で、紫音は、クロと、志郎の姿をじっと見つめる。

その姿は、赤い廊下の向こう側が見えるほど、透けてしまっていた。

「志郎……」

「紫音」

震える声で名前を呼び合う幽霊二人は、ようやく。

ようやくお互いが、同じ空間に存在していることを認めた。

クロは唇を引き結んだ。

全ての運命が狂った、夏のその日。

クロは藍子からの連絡を受けて病院に向かって駆けた。

息を切らして、切らして。止まらない涙を何度も拳で拭った。悔しくて。

なんで、なんで、俺の大切な人たちばかり奪っていくんだ？

「認めたくなかったの」

不意に、紫音がぽつりと言った。

「手術の日、志郎が事故に遭って、亡くなったって聞いた。そんなのありえるわけないじゃない？　なんで志郎が先に死ぬの？　私より先にいなくなるの？　そんなの絶対に、認めたくなかった。だから、その忌《い》まわしい記憶を封じ込めた」

紫音の声は続く。

「私はパニック状態だったけれど、決まっていた大手術の日程をずらすわけにもいかなかった。全身麻酔を打たれて、そこで、終わっちゃったみたい。次に目を覚ました時は、幽霊になって教室にいたから。思い出したくない記憶を抱えて」

「……ごめん、紫音。俺、肝心な日にドジったみたいで」

志郎の言葉に、うつむいた紫音が激しく首を横に振った。

「志郎のせいじゃない。きっと、私のせいなの……」

そして、小さな小さな声で、ごめんなさいと呟いた。

クロの悪夢は続く。

夏休みに親友を喪《うしな》った、数日後。

祈るような気持ちで再び病院に足を運んだクロの目の前に、面会謝絶の札が立ちはだかった。

偶然病室から出てきた、目を真っ赤に腫《は》らした、紫音によく似た女性に、紫音が目を覚まさないのだと教えてもらった。

クロは息苦しい中で、口を開く。

「俺の前から二人は消えた。……その後に、幽霊になった志郎と学校で会ったんだよ。自分が死んだことも分かってなかった。志郎は紫音との思い出に囚われていた。志郎の気持ちは、心残りは、それで聞いた。だから、俺は藍子さんに頼んだんだ。紫音を降霊してほしいって」

緋色と黄と藍子は、黙ってクロの話を聞いている。

胸の苦しみを堪えつつ、クロは、できるだけ淡々と言葉を紡いだ。

「志郎は、自分が死んだことに気付いてなかった。まだ生きてるつもりの幽霊に、他の幽霊は見えない。だから降霊された紫音の存在にも、気付かなかった」

「私も、志郎が幽霊だって全然気が付かなかった。志郎、いつも、当たり前にいつの間にかクロといたし」

「俺は基本、鈍いんだ。頭がずっとぼーっとしてたし。みんなに無視されてる気はしてたけど、クロや藍子先生とは普通に話せてたから。まさか俺が死んでるなんてな」

志郎が場の空気を和《なご》ませるかのように、肩をすくめながら言う。

「でもさ。さっき、なんとなく思い出したんだ。だから、クロに聞かされる前から、なんとなく予感があった。気付くの遅すぎるけどな」

紫音は、少しだけ頬を緩めた。

「うん。志郎は確かに鈍感だよね。小さい頃からずっと私にこき使われてきたのに、嫌な顔もしなかった」

「志郎と紫音が、幽霊同士でも会えればいいと思ってた。俺はそれを繋ぐことはできた。でも、志郎に死んでることを言えなかった。紫音に、志郎が死んでしまったことを、告げられなかった」

和む二人に、再び、クロが口を挟んだ。

「だからその真実を二人に知らせる前に、志郎の願いを叶えようと思った」

「志郎の、願い？」

「紫音の、本当の心の声を聞くこと。だから、俺は志郎と紫音を会わせる前に、心残りを、本当の心の声を、知ろうとした」

ない知恵を絞って、考えて、考えて、考え抜いた、それがクロの計画だった。

「でも、藍子さんに無理矢理降霊してもらった紫音には、わずかな時間しかなかった。どんどん忘れていく。どんどん風化していく。焦っても、どんなに一緒に過ごしても、話しかけても……俺には、紫音の気持ちが分からなかった。それで俺は、結局自分の気持ちだけを優先してた」

幽霊の紫音と一緒に過ごす日々が、楽しくて、幸せだった。

親友の志郎と、別れたくなかった。

タイムリミットは目に見えていて、先に進まなければいけないと分かっていても、その時間は手放しがたくて。

もう少し、もう少しだけでも。

――ただ、大切な人たちと、一緒にいたかった。

「何より自分の気持ちを、優先したんだ。ごめん。嘘つきでごめん。何回謝っても足りない。俺、大事な友達にひどいこと」

志郎と紫音に向かって、クロは、腰を折って頭を下げた。

視界を埋め尽くす廊下の色が、霞んでよく見えなくなった。

声も震えて上手く出ない。

「俺、志郎の願い、果たせなかった。紫音のこと、苦しめただけだった……っ」

「それは違う。クロは、ひどいことをしてたわけでも、苦しめたかったわけでもない。自分の気持ちを優先した？　誰にも見えない死んだ俺のことを、一生懸命なんとかしようとしてくれてたじゃないか。バカだな、死んだ俺に、先なんてないのにな」

志郎が言う。自嘲しているわけではなく、クロを心配している様子だった。

「紫音のことも、なんとかしてやろうとして。誰にも言えずに、全部、一人で抱えてたんだろ？　そんなに想ってくれるなんてさ」

志郎は笑う。

溢れてきてしまったものを、袖口で乱暴に拭った。

紫音や、姉妹たちのいる前で、情けない泣き顔を晒したくなどない。

「私も、ありがとう。楽しかったよ。クロ。幽霊になって、毎日楽しかった。クロといられて幸せだった。だからクロがしたこと、恨んでなんかないよ。それは結城家のあなたたちにしかできないことだった。手術の日で全てが終わってしまうより、ずっといい」

紫音の言葉に、クロは顔を上げた。

志郎同様、紫音は優しく微笑んでいた。

全身がもう、透明になってしまっていた。

それでも儚くて、とても綺麗な笑顔に見えた。

「名前を叫んで、呼び戻してくれてありがとう」

先ほどの絶叫告白を思い出して、頬が熱くなった。

「志郎が死んじゃったこと、拒絶なんてせず、受け止めるべきだったの。逃げちゃいけなかった。真実から目を逸らしちゃいけなかった。だから、呼び戻してくれてありがとう」

「……っ」

「最高の、友達だよ」

そう言って、紫音は志郎に片手を伸ばした。

「もう一緒に、逝《い》こう。志郎」

クロは自分の手がどうしようもなく震えているのを感じた。

幽霊の終着点。こうなることは分かっていた。

それでも、やっぱり、辛くて。

親友と、好きな人を同時に失う。また。まただ。辛そうにうつむいた藍子、目を逸らした緋色、追い縋って泣き喚く黄の目の前で、光になって消えていった両親たちの姿が、目の裏にまだ焼き付いている。何度でも、鮮やかなほどに思い出す。

ぎゅっと、唇を噛んだ。

哀しくて辛くて、それでも、こうすることが正しいんだ、と。

いや——違う。

正しいとか、正しくないとかどうでもいい。

クロは紫音のそばへと歩み寄った。

紫音は、志郎に片手を差し出したまま、目を丸くして硬直していた。

その紫音の、華奢な手に、手を重ねて——。

——ぎゅっと握った。

すでに消えかけている紫音の手に、触れている実感はなかった。それでも強く握りしめた。

「逝くな」


紫音の目をまっすぐに見て、クロは、はっきりと、自分の望みを口にした。

望んでいたのは二人の幸せなんかじゃない。そこまで人間はできていない。

ずっと、紫音が、自分のそばにいてくれること、それだけ。

息を呑んだ紫音が、クロの顔を仰ぎ見た。

「え。だって、私もう……」

「死んでない。藍子さんが起こしたのは、お前の、生霊《いきりょう》だ」

「え？」

わけが分からないといった面持《おもも》ちの紫音を、クロはじっと見つめて、続けた。

「お前の手術は成功したんだ。でも、眠ったままで目が覚めないで、意識不明の状態が続いている。いつ目を覚ましてもおかしくないのに眠り続けている、って」

何度目かの見舞いの時に、眠り続けている原因が分からない、だから今は手の施しようがないと医師に言われたのだと、紫音の母親は語った。

「志郎君のことがあって、もう、全部きっと嫌になっちゃったのかも……」

紫音は元より、生きることに希望など持っていなかった。

手術のその日で終わらせるつもりだった。

たとえ手術が成功したとしても、それは身体だけが、無理やりに生かされ続けているだけ。

だからもう、目を覚ますつもりがないのかもしれない。

紫音の気持ちは、志郎から聞いていた。だからクロはそれを理解できたし、それ以上辛そうな母親に何を言うこともできなかった。

目を瞬かせた紫音の口から、小さな呟きが転がり落ちた。

「ママ、が」

「だから、紫音が目を覚ましたくないなら、このまま志郎と一緒に逝くのが一番楽な方法なのかもしれないって、思った」

「私、まだ、生きてる……？」

紫音は掠れた声で呟いた。

まだ信じられないという顔をしている。

「ここで成仏しなかったら、もっと辛いかも知れない。ずっと目が覚めないかもしれない。覚めたとしても、いつまで生きられるかも分からない。でも……」

紫音の手を強く握って、クロは紫音を見て、そして、志郎を見た。

手のひらの中に包み込んだ、細い手を、二度と手放したくないと思った。

「ごめんな、志郎。俺やっぱり、お前に紫音を渡したくない」

それが、本音だ。

建前はもううんざりだ。

気持ちで負けていようが、勝ち目がなかろうが、どんなに辛くても、それでも自分の大好きな親友たちに嘘偽りのない気持ちを告げた。

何もかもを諦めて、耳を塞いで終わりを待つのは、もう嫌だ。

クロは目頭を袖で拭って、志郎に顔を向けた。

志郎はふっと頬を緩め、口を開く。

「俺さ、お前の気持ち、知ってた。紫音の気持ちも、知ってた。悔しいから黙ってたけどさ、ああもう、死んでからまた残酷な事実を突きつけてくれるよなぁ」

冗談めかした言葉の最後に、大仰《おおぎょう》なため息をおまけしてくる。

肩をすくめた志郎が、苦笑を浮かべた。

そして。

「紫音は置いていくよ」

いつも通りの見慣れた笑顔で、クロに言った。

戸惑うように足を踏み出しかけていた紫音を、志郎は手で制して、首を横に振った。

「志郎」

「あのな、俺は、お前が生きてたことがすっげえ嬉しい。ずっと思い込んでた。あの手術の日で、紫音は死んだんだなって。紫音には悪いけどな、今、手術は成功したって聞いて心の底から喜んでるんだ。紫音が俺と一緒に逝かないでいいってこと、神さまありがとう！　って、感謝したりしてな。本当に、安心したんだ」

「志郎……っ」

「泣くなよ、紫音。お前はちゃんと生きろ。諦めるなよ。天国から見てるからな」

そう言って志郎は、紫音の頭に、ぽんと手を置いた。

「志郎、志郎っ！　ずっと、私、ずっと本当のこと言えなかった！」

白くぼんやりと光り出し、薄くなっていく志郎に。

追い縋るように、紫音が叫んだ。

紫音は泣いていた。瞳から溢れ出した涙は、滑らかな頬を伝って、床に落ちるよりも早く淡雪《あわゆき》のように消えていく。

「志郎がそばにいてくれたことが救いだった！　志郎がいなきゃ、私、ここまで生きてこられなかった！　突き放してきたのだって、志郎を悲しませたくないなんて思いやりじゃなくて！　私は、私自身の都合で、志郎を失くすのが怖かったの！」

「知ってるよ」

清々《すがすが》しい顔で志郎は笑った。彼の姿は、もうほとんど宙に溶けていた。

「ずっとずっとありがとうって言いたかった！　一緒にいてってお願いしたかったの！　死にたくない、私は生きたいんだって、死にたくないって言いたかった！」

「やっと言った。紫音ほんと頑固だよな」

彼女に心の底から願ってほしい。生きたいと、口にしてほしい。

小さい頃から、ずっとずっと。

紫音に初めて会ったときから、ただひたすらそう願い続けた彼の。

心残りが、昇華された。

苦笑した志郎の体が、光の粒になっていく。


――おいクロ。紫音を泣かせたら、戻ってきて殴るからな。


何もなくなった空間にそんな宣言を残して、高嶺志郎は、消えた。

それと同時に、窓の外で陽が完全に落ちた。

握りしめていた、紫音の手の感触も消えた。

「うん、その時は体貸したげる。ぼっこぼこにしちゃえ」

静寂の中に、黄の呟きがぽつりと落ちた。呆れ顔の緋色がため息をついて、藍子はただ微笑んでいる。

紫音が、クロに向き直った。

「置いてかれちゃった」

「そうだな」

「……クロの嘘つき。私のこと、死んでるなんて嘘ついて。最低」

「死んでるとは言ってない。幽霊だって言っただけだ」

「薄情者。私を成仏させて、厄介払いするつもりだったんだ」

「んなわけないだろ。人聞きの悪いこと言うな」

「バカ。アホ。間抜け」

「そこまで言うか」

「弱虫で、頼りなくて、役立たずで、下僕で、犬で……」

「おい」

「大好き」

紫音が言った。クロは息を呑んだ。

それが、その言葉だけが、紫音の心残りだった。

言葉にせずとも、まっすぐに見つめる澄んだ瞳で、それはクロに伝わってきた。

何度彼女に触れても、頑なに本心を、その気持ちを見せようとしなかった。

本当は、ずっと、自分に嘘をついてたの。

ずっと、言いたかったの。本当のことを。

「クロ、とりあえず、私のこと生き返らせなさい」

いつもの命令口調で、泣きべそ顔で、紫音が言った。

クロは力強く頷いた。

「ああ、絶対に生き返らせてやる。約束だ」

「嘘ついたら針千本呑ませてやる」

おどろおどろしくそう言って、消えていく紫音が、晴れやかに笑った。

綺麗で、無邪気で、宝物のような笑顔だった。

だからクロも笑った。

今度は約束を守るから。絶対にまた会える、と信じているから。

「またな、紫音」

クロは笑顔で、そう言えた。

エピローグ

週末、クロは一人、星陵学園方面に向かうバスに揺られていた。

ぼんやりと頬杖をつき、車窓から外を眺めている。

少し高い位置から見える、日中の街並みが流れていく。

今日は志郎と紫音が心残りを昇華してから、初めての休日だった。

向かっている先は、星陵学園の隣に位置する、大学付属の総合病院。

目的地はなじみの場所でも、今日はたどる道が違うから、見えてくるのはいつもと違う景色だった。


——今日は朝から、一悶着《もんちゃく》あった。

黄が所属するバスケ部の試合があるということで、藍子がみんなで応援に行こうと言い出したのだ。

緋色はさも当然のように、いつもよりも手の込んだ大量のお弁当を作り始めていた。

クロが今日は用事があるから行けないと言ったら、そのことで大騒ぎになった。藍子はめそめそして、緋色は不機嫌になり、黄はクロを冷たいやつだと罵った。

そもそも、黄のバスケ試合の応援など、今まで家族で行ったことなどないのに。

ふっと、苦笑してしまう。

紫音や志郎との一件で、姉妹ともいろいろあった。きっと彼女たちなりに気を遣ってくれているのだ。

何が起ころうと日常は変わらず続いていると、彼女たちなりに教えてくれているのだろう。

その時ふと、車窓の向こうに、道路に這いつくばる幽霊の姿をとらえた。

クロの方は高速で移動しているので、ちらりと視界の端に映っただけだ。窓の方へと身を乗り出しても、もうどこにいたのか分からなくなっていた。

幽霊が見える日々も変わらない。見える限り、クロはこれからもきっと関わっていくのだろう。

逃げるように家を飛び出したので、帰った後の姉妹たちの反応を想像すると、少し憂鬱でため息が漏れる。

車窓の景色は流れて、見慣れたものへと変わっていく。

――用事があるのは本当だった。

朝に家を飛び出して、バスに乗って。

クロは、午前中をかけて、ずっと行けなかった親友の墓参りをようやく済ませてきた。長いこと行けなかったことを、手を合わせて深く詫びた。

覚えている限り、胸の痛みはずっと消えない。これからも、何度も泣いてしまうのだろう。でもそれでいいんだと、自分の中でようやく前に進むことができた。

もう現実から目を逸らすつもりはない。

だからクロは、親友の墓の前で、今度こそ紫音の目を見て告白するんだと、もういない彼に宣言してきた。


星陵学園を追い越したところで、クロは赤いブザーを押す。

目的地にたどりついたバスが、音を立てて停まった。休日なので、いつもよりずっと乗客は少ない。

ICカードを通して、バスを降りた。

総合病院は目の前だった。

気持ちの良い快晴の秋空の下、深呼吸をした。

もう何度も来ているそこへと向かう足取りに迷いはない。

◇◇◇

前回紫音の病室へ来たのは、まだ紫音の幽霊と出会う前のことで、それ以来足が遠のいていた。

失ってしまうかもしれない彼女を、目の当たりにするのが怖かったからだ。

紫音の幽霊が消えてしまった後。

クロは追い求めるように、すぐに病院へと走った。

久しぶりに生身の紫音を目の当たりにして、思わず息を呑んだことを覚えている。

彼女が生きていることは頭では分かっていても、にわかには実感できていなかった。

けれど彼女は間違いなく、病室のベッドで点滴に繋がれて、寝息をたてていた。

伏せられた長いまつ毛。

規則正しく呼吸する、わずかに開いた唇。桜色の頬。

家族のきめ細やかな手入れで、腰の辺りまで伸びる綺麗な黒髪。

何一つ、変わっていない。

そして紫音は、目を覚ましておらず、まだ眠っていた。

けれど、手を伸ばせばすぐそこに、紫音がいたんだ、と、実感した。

クロの顔を覚えていてくれた紫音の母親は、まだ憔悴《しょうすい》している顔ではあったけれど、微笑んで教えてくれた。

『本当に寝てるだけなの。これだけ長く眠っていても衰弱もしてないって、お医者様も首を傾げていらして。おかしな子よね』

それを聞いて、眠る紫音を見下ろしても、クロにはもう不安はなかった。

紫音は生きることを望んでいる。

これから、きっと目を覚ます。そう固く信じることができた。

だから。

◇◇◇

病院に入って、エントランスを抜ける。

階段を上っていき、まっすぐ入院病棟に向かう。道に迷うことはない。

ナースステーションで、面会の受付を済ませた。少し足が急ぎ始めていた。

そしてクロは、病室の前に立った。

中から物音はしない。気配もないから、今日はまだ、誰もお見舞いには来ていないらしい。念のため、患者のネームプレートを確認する。

『長谷川紫音』

確かに、そう書かれていた。

朝に教室のドアを開けるようなさりげなさで、病室のドアに手をかけた。
この薄壁一枚の向こう側に広がっている未来を想像する。
今日は、目を覚ましているかもしれない。
もし目を覚ましていたら、ベッドの上に座って、意地悪な笑みを浮かべているはずだ。変わらない傲慢さを振りまいて、クロをまっすぐに見つめながらこう言うのだ。

『クロ。喉が渇いたから、ジュースを買ってきなさい』

想像するだけで、げんなりしてしまいそうになる。
けれど、辟易《へきえき》とした感情を追いかけるように、苦笑いが浮かびあがってきた。

あまりに自然に想像できてしまったので、本当にそうなる気がしてきた。
そしてクロは、ドアを開いた。

長谷川紫音と、再会の予感はあった。
それは、これからも変わらず胸の中にあり続ける。

この物語はフィクションです。もし同一の名称があった場合も、
実在する人物、団体等とは一切関係ありません。
本作品は、二〇一一年九月に、このライトノベルがすごい!文庫から刊行された
『僕と姉妹と幽霊の約束』を全面改稿したものになります。

宝島社
文庫

きみがすべてを忘れる前に
（きみがすべてをわすれるまえに）

2017年3月18日　第1刷発行
2023年3月７日　第3刷発行

著　者　喜多 南
発行人　蓮見清一
発行所　株式会社 宝島社
〒102-8388　東京都千代田区一番町25番地
電話：営業 03(3234)4621／編集 03(3239)0599
https://tkj.jp
印刷・製本　株式会社広済堂ネクスト

Printed in Japan
First published 2011 by Takarajimasha, Inc.
ISBN 978-4-8002-6875-4